신컨의
원코인
클리어

신컨의 원 코인 클리어 10

2023년 10월 13일 초판 1쇄 인쇄
2023년 10월 18일 초판 1쇄 발행

지은이 아케레스
발행인 강준규

기획 이기헌 왕소현 임동관 박경무 강민구 조익현
책임편집 오영란
마케팅지원 이원선

발행처 (주)로크미디어
출판등록 2003년 3월 24일
주소 서울시 마포구 마포대로 45 일진빌딩 6층
Tel (02)3273-5135 **Fax** (02)3273-5134
홈페이지 rokmedia.com **E-mail** rokmedia@empas.com

값 9,000원

ISBN 979-11-408-0746-8 (10권)
ISBN 979-11-408-0729-1 04810 (세트)

신전의 원코인 클리어

아케레스 퓨전 판타지 장편소설

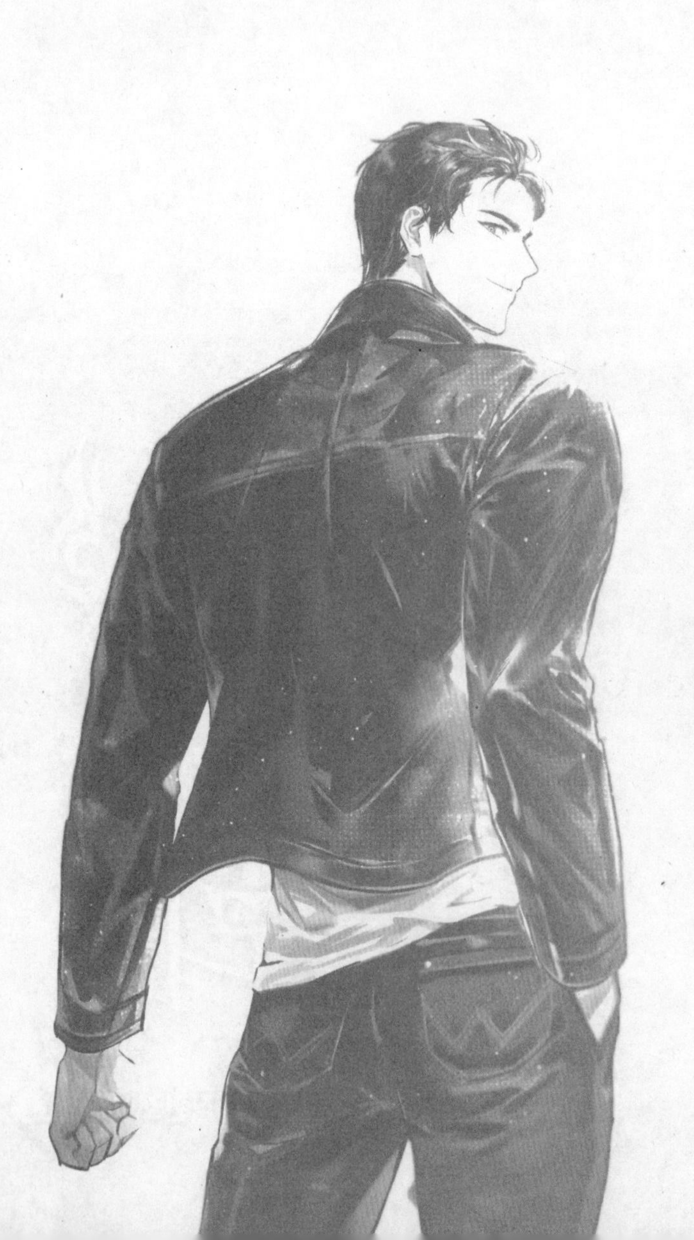

Contents

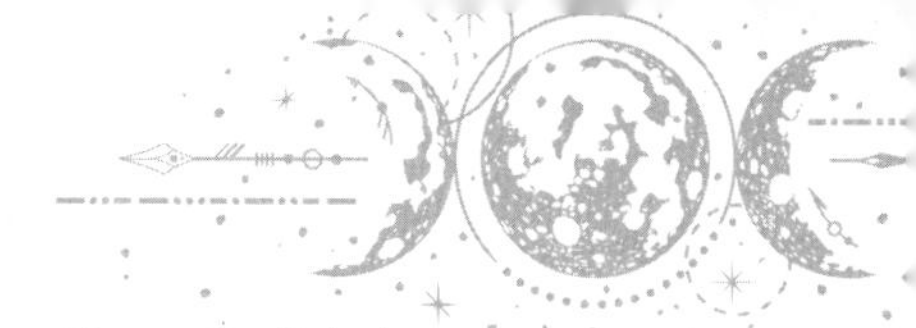

아포칼립스 페스티벌 (3)

태양은 왜인지 용과 인연이 많았다.

Endless Express 스테이지에서 만난 백룡 운타라를 시작으로 아룡, 성룡. 심지어는 키메라로 된 드래곤까지도 만났다.

물론 모든 플레이어가 발락의 층에서 용을 한 번쯤은 대적하기는 한다. 하지만 그것을 감안해도 태양의 경험은 확실히 특별한 축에 속했다.

드래곤 하트를 2개나 섭취했을 뿐만 아니라 용들의 왕, 발락과 일대일로 대련을 하고, 심지어 이겼으니까.

인간은 경험을 통해 성장하는 생물이다.

같은 패턴이 드러나면 학습하여 다음을 예상할 줄 알고, 이전과 다른 패턴이 나타나면 원인을 추적해 분석하는 능력은 인간을 만물의 영장으로 만들어 주는 데 톡톡히 일조했다.

그런 의미에서 태양은 용이라는 족속을 경험할 기회가 다른 플레이어보다 많았다고 할 수 있겠다.

그리고 그 경험은.

콰지지지직.

용 군단장 크라오라를 사냥하는 과정에서 진가를 드러냈다.

크롸라라라라라라!

그들의 왕에게서 비롯된 마나가 크라오라의 비늘을 한 움큼 찢어 냈다.

다음 행동 역시 뻔하다.

태양이 버럭 외쳤다.

"꼬리!"

외침과 동시에 짓쳐 드는 꼬리.

하지만 1초 이상 앞선 브리핑은 상대적으로 능력이 떨어지는 별림조차 넉넉하게 대처할 정도의 차이점을 만들었다.

카라카잠식(式) 투술 오의 – 붕천(崩天).

콰아아아앙!

"좋았어!"

정의행(正義行) 2식 – 관심(貫心): 윤태양식(式) 어레인지.

콰드드드득.

덩치 큰 도마뱀의 연한 배에 태양의 주먹이 한 움큼 파고 들어갔다.

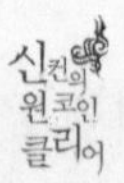

증폭된 에너지는 크라오라의 신체 내부를 크게 진탕시켰고, 크라오라의 아가리에서 귀하기로 소문난 용혈이 한 웅덩이씩 흘러나왔다.

다음 저항은 살로몬의 연기가 막아 내고, 그다음으로 한 저항은 메시아의 염동력이 저지한다.

그다음은 가슴.

태양은 통천의 묘리를 적극적으로 사용해 가슴 부분을 감싸고 있는 비늘을 통째로 벗겨 냈다.

콰드드드드득!

다시 한번 뛰어오른 태양은 산뜻하게 크라오라의 미간까지 따라붙었다.

드디어 맞아진 눈높이.

태양의 머리만 한 2개의 동공에는 의문과 경악이 깃들어 있다.

그럴 만도 했다.

용들의 왕이 용 사냥꾼에게 마력을 불어넣어 주고 있었으니.

태양이 여러 종류의 용을 만나고, 그들을 사냥해 오면서 학습한 사실 중 하나.

용은 혼자 있을 때는 그저 최상위 포식자다.

하지만 무리를 짓는 순간, 아주 엄격한 서열을 따른다.

예는 많다.

당장 이 자리에서도 수많은 용이 군단장 크라오라의 명령을 따르고 있었다.

만찬장 스테이지의 아룡들도 성룡의 지휘 아래 사육되었고, 드래고닉 랩의 실험체도 낮은 서열의 용들이 발락의 명령에 의해 직접 생체 개조에 지원하는 과정이었다.

용은 인간에 버금가는 혹은 그 이상의 지성을 갖춘 동시에 서열이라는 동물의 본능도 따르는 생물이라는 뜻이었다.

'뭐, 사실 인간도 그다지 다르지는 않지만.'

적어도 인간은 비인도적인 행위를 정해 놓고 그런 기준에 부합하는 일에는 반발하기는 한다.

그 '비인도적'이라는 기준이 제멋대로라서 그렇지.

여하간, 태양에게서 풍기는 발락의 기운은 단순히 마나를 불어넣어 주는 것 이상의 효과를 냈다.

발락이 윤태양을 지원한다.

이는 다른 말로 하자면, 윤태양이 발락의 '사자'처럼 보이기도 한다는 뜻이다.

그 사실이 크라오라를 옭아매고 있었다.

무의식의 수준에서 이루어지는 제어다.

그들의 왕에게 마땅히 바쳐야 하고, 이제껏 당연하게 바쳐 온 복종.

반면 눈앞에서 벌어지는 '용의 번영'을 180도 저해하는 윤태양의 행동.

분명 태양을 저지하는 게 맞으나, 크라오라의 DNA에 새겨지는 본능은 그의 전투를 방해하고 있었다.

태양이 용 사냥에 유독 자신 있어 했던 이유는, 이렇게 불합리한 싸움이 될 거라는 걸 어느 정도 알고 있었기 때문이다.

"그런데, 뭐 어쩌겠어."

차원 미궁은 이런 곳인걸.

역천지공(逆天之工)— 파천(破天).

마나 회로를 거슬러 올라오는 내기.

태양이 침착하게 마나 회로를 컨트롤했다.

"자아……."

콰드드드드득.

집채만 한 크라오라의 대가리가 힘없이 동공 바닥에 떨어졌다.

49~54층의 유물, 애프터 아포칼립스.

종말의 다음으로 가고 싶다는 명확한 의지가 이름에서부터 드러나는 유물.

설정에 따르면 모든 층이 통합되고 난 이후 각 차원의 생존자들이 모여 만들어 낸 초월 무기였다.

용도는 당연히 생존이다.

애프터 아포칼립스는 사이한 동시에 신성하고, 마법인 동시에 주술이며 믿음이었다.

온갖 차원의 온갖 신이한 이적을 종합하여 만든 이 유물은 선택받은 사용자에게 '감각'을 초월자의 수준으로 끌어 올려 준다.

물론 일순간의 경험이지만, 감각의 확장을 통해 필멸자에게 가파른 성장을 유도하는 게 애프터 아포칼립스의 기능이었다.

본래 생존자들의 목표는 그들을 지킬 강한 생존자를 성장시키려는 것이었을 터다.

하지만 권능의 냄새를 맡은 마왕은 애프터 아포칼립스를 가만히 두지 않았다.

단탈리안은 애프터 아포칼립스를 두고 이렇게 평했다.

—애프터 아포칼립스는 권능에 가까울 정도로 잘 만든 성장 병기였습니다만, 애석하게도 마왕에겐 필요가 없었죠.

이유인즉슨 애프터 아포칼립스가 부여하는 효과는 덧셈이 아니라 고정이었기 때문이다.

수치화하자면 애프터 아포칼립스는 사용자 A에게 감각 능력치를 +30을 부여하는 능력이 아니다.

A, B, C 어떤 사용자가 사용하든지 감각 능력치를 100으로 고정하는 능력이었다.

감각 능력치가 120인 마왕이 애프터 아포칼립스를 사용하면 오히려 -20 만큼의 능력 저하가 일어난다는 이야기였다.

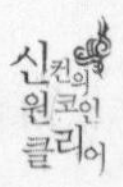

당연히 필요가 없을 수밖에.

하지만 애프터 아포칼립스가 필멸자에 한해 굉장한 성장을 유도하는 물건이라는 사실만큼은 확실했으므로, 마왕은 애프터 아포칼립스를 보상으로 내걸었다.

종말로부터 살아남기 위해 개발된 병기가 되려 종말을 제압해야지만 얻을 수 있는 상황이 되어 버린 거다.

"유래를 듣고 생각해 보니까 새삼 마왕 놈들, 참 악독하단 말이지."

-어제오늘 일도 아니잖아. 그래도 다행이야.

"그러게. 생각보다는 쉽게 얻었네."

-근데 정말로 이게 초월병기야?

"그렇다고 하더라."

현혜가 놀란 이유.

애프터 아포칼립스의 외견은 그저 돌멩이였다.

카인이 말해 준 바에 따르면, 사용법은 그저 마나를 집어넣는 것.

물론 흔해 보인다고 성능마저 흔한 건 아니다.

애프터 아포칼립스 경험자 카인은 해당 장비 경험 이후 마나 운용 능력이 최전성기를 달리고 있었다.

그 능력을 바탕으로 현재 차원 미궁에서 한 손가락 안에 꼽히는 플레이어로 거듭나기까지 했다.

하이엘프 소린과 같이 이 과정을 겪고 성장하지 못하는 경우도 있었지만.

'난 아니지.'

여하간, 지금 중요한 건 그게 아니다.

"란."

태양이 동공 한구석을 바라봤다.

본래 효과적으로 몸을 숨기고 있었지만, 폭풍을 불러내는 과정에서 발출된 마나는 그녀의 위치를 확연히 알려 주고 있었다.

"몸은 다 나은 거야?"

"그럴 리가."

탁.

살로몬이 담배를 한 개비 꼬나물며 대답했다.

실제로 그랬다.

창백한 안색, 아닌 척 하지만 간헐적으로 떨리는 손.

흔들리는 동공과 불규칙하게 일렁이는 마나 파장.

태양이 저도 모르게 잔소리를 했다.

"낫고 오라니깐. 너 없어도……."

"……."

아니, 모르겠다.

란이 없었으면 크라오라를 이렇게 쉽게 사냥할 수 있었을까.

아니겠지.

발락의 마나는 역시 효과를 발휘했었겠지만, 그뿐.

크라오라는 본능에 저항하여 태양에게 대항했었다.

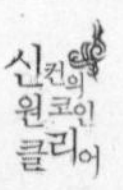

더 시간을 줘서 혼란을 완전히 떨쳐 냈더라면 상황은 또 달라졌을 게 분명했다.
태양이 멍한 표정으로 검을 쥐고 있는 검치를 향해 턱짓했다.
"이 녀석도 네가 준비한 거야?"
"……."
란은 입을 다물고만 있었다.
대답하지 않는 게 아니었다.
대답하지 못하는 거였다.
아직, 폭풍이 유지되고 있었으니까.
그 사실을 가장 먼저 깨달은 건 살로몬이었다.
"일단 내려가지. 폭풍을 유지하는 데 보통 심력을 소모하는 게 아닐 거다. 당장 바깥에 수십 마리의 용이 있을 텐데."
태양이 중얼거렸다.
"먼저 가."
"먼저 가라고?"
"그래. 난 '다른 곳'으로 갈 거거든."
태양이 메시아를 바라봤다.
"먼저 밑에 내려가서 상황을 알아봐 줘. 난 해야 할 일이 있어."
별림이 고개를 갸웃거렸다.
"네가 도와줄 수 있는 일 아니야. 나 혼자 해야 하는 일이야. 그리고 지금 오히려 위험한 건 너네다."

"단탈리안의 부탁? 전부터 이야기했던 그거야?"

"응."

살로몬이 담배 연기를 내뿜었다.

스모크 매직: 더스트 게이트(Dust Gate).

"먼저 가지."

"그래."

아마도 오크 진영과 전투 중일 아그리파 기사단의 주변으로 이어진 공간 이동 마법진.

"그쪽도 난장판일 거야. 정신 바짝 차려야 해."

"내가 애야?"

"그럼 아니냐?"

"참."

투덜거린 벨림이 들어가고, 메시아가 따라 들어간다.

폭풍이 사그라드는 동시에 살로몬이 란을 둘러업고, 검치가 태양에게 다가왔다.

"풍술사를 도와주는 조건. 너와의 대련이었다."

"대련?"

"그래."

"해협 스테이지 때 오지. 그때 천문 애들이랑 다 같이 한바탕 했었는데."

"후회하고 있다."

"저런."

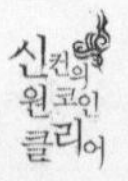

“약속은 지켜라.”
“음. 상황 보고. 내가 편할 때 갈게.”
검치는 태양의 대답이 마음에 들지 않았는지 이마에 내 천(川)자를 그리며 게이트로 들어갔다.
마지막에 남은 건 유리 막시모프였다.
“마왕이 뭘 시켰건, 무리면 곧바로 포기해.”
“당연한 말씀을.”
잠깐 태양을 빤히 바라보던 유리 막시모프는 말을 잇는 대신 몸을 돌렸다.
후웅.
어느새 폭풍이 사라진 공간.
수십.
아니, 수백 쌍의 드래곤이 태양을 바라보고 있었다.
“헷갈리지?”
용왕의 마나가 주변을 가득 채우고 있었고, 심지어 출처는 태양 본인이다.
폭풍이 시야를 가리는 바람에 안에서 어떤 일이 일어났는지 확인할 수 없었고, 명령권자인 크라오라는 바닥에 쓰러져 있다.
심지어 폭풍에 휩싸이기 전에 목격했던, 태양을 제외한 플레이어들은 모두 사라졌다.
용들이 당황하는 건 당연한 일이었다.
태양은 크라오라의 가슴팍에 다가갔다.

정확히는, 전투 중 비늘을 한 움큼 뜯어 놓은 부분이다.

"이 짓도 두 번 했다고, 나름 익숙해졌네."

푸우우우욱.

태양의 팔이 크라오라의 심장을 꿰뚫었다.

손은 심장 사이에서 느껴지는 마나 파동을 능숙하게 쫓아서 손쉽게 그 결정을 손에 쥐었다.

그때쯤에 되어서야 용들은 태양이 적임을 확신했다.

용끼리는 드래곤 하트를 섭취하지 않음으로.

크롸라라라라라라!

크롸라라라라라라!

고막을 가득 채우는 용들의 함성.

마나 회로를 가득 채우는 크라오라의 드래곤 하트.

태양이 돌멩이, 애프터 아포칼립스에 마나를 불어넣었다.

그리고.

콰드드드드드득!

수백 마리의 드래곤이 맨땅에 머리를 처박았다.

아, 맨바닥은 아니네.

천문의 무인들이 바닥에 깔려 있었으니.

우웅—.

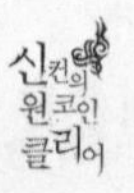

귓가에 이명이 들린다.

아니, 너무 많은 소리가 섞여 이명처럼 느껴졌다.

6개의 종말에 죽어 간 억 단위의 원혼이 스러져 가는 와중에도 악을 질러 댄다.

고함은 고막보다 영혼에 닿고, 필멸자의 감각을 억지로 꼬집어 깨운다.

우우우웅—.

정신을 집중하니 곧 무수한 이명을 하나하나 떼어 인식할 수 있었다.

용의 고함, 엘프의 비명, 오크의 함성, 인간의 절규.

과자 부스럭거리는 소리, 의자 바퀴 굴러가는 소리, 여성의 한숨 소리.

현실과 환상이 절묘하게 뒤섞인다.

극도로 고양된 태양의 정신은 모든 정보를 받아들이고 처리했다.

인식할 수 없던 것들을 인식한다.

감각의 새 지평이 열린다.

'……환상적이야.'

앎으로서 달라지는 것.

누군가는 아는 것만으로 바뀌는 건 없다고 이야기한다.

행동하지 않는 지식은 죽었다고 이야기한다.

하지만 태양에게는 하나의 완성을 마무리 짓는 방점이었다.

카인, 피 튀기는 번개, 소린.

그들은 '완성'에 다다르지 못했다.

자격이 없었다.

애프터 아포칼립스는 감각을 일깨우지만, 고작해야 업적 몇 백 개 정도를 수집한 플레이어들이 선명하게 곤두선 감각으로 알아낼 수 있는 건 '고작' 더 효율적인 마나 운용 방식 정도였다.

신성이 없었기에.

기이이잉.

어디선가 심상치 않은 진동이 울린다.

태양의 귓가에 맴돌던 현실과 환상의 모든 소리와는 결이 또 다른, 영혼을 울리는 진동.

신성이다.

신성이 가동하고, 태양의 육신과 정신이 동시에 초월자의 벽을 넘어섰다. 수없이 많은 필멸자가 필사의 의지로 일생을 갈고 닦을 때 고작 한 둘에게만 자리를 허용하는 가파른 벽을.

'넘어섰다.'

이는 의미가 있다.

이 가파른 문턱은 태양의 정신이 다시 필멸자의 영역으로 돌아가는 것 또한 막아 낼 테니까.

이는 다른 말로 하면.

차원 미궁에서 73번째 초월자가 탄생했다는 이야기였다.

“…….”

낯선 천장.

새까맣고 높다.

태양이 고개를 돌렸다.

천장에 닿을 정도로 아슬아슬하게 늘어져 있는 수백, 수천 개의 책장이 보였다.

“왔나…….”

도서관 전지(全知).

제3계위 마왕 바싸고의 소유물.

그리고 72 마왕과 차원 미궁의 모든 역사를 기록한 보관소다.

태양이 도서관 전지에 온 이유는 간단했다.

차원 미궁의 모든 정보를 기록하는 영혼 도서관이 등록되지 않은 초월자의 신원을 확인하기 위해서 태양을 소환했기 때문이다.

이는 도서관 내부에 심어진 프로세스였다.

소환 또한 명령보다는 권유의 기조를 띠었다.

우주는 넓다.

지구에서는 역사상 단 한 명의 초월자도 나오지 못했었지만, 이미 72명의 초월자가 탄생했다.

필멸자가 사는 모든 장소에선 초월자가 탄생할 가능성이 있다.

당연히 기존의 초월자가 인식하지 못하는 사이 또 다른 초월자가 차원 미궁에 진입할 수도 있었다.

바싸고가 예비해 둔 도서관 전지의 소환은 그런 초월자의 등장을 상정하고, 대화를 권유하는 제스처였다.

애프터 아포칼립스를 사용한 태양은 멸망한 영혼들의 힘으로 인지(認知)의 초월을 경험했다.

거기에 신성을 통한 육체의 초월 역시도 진작 경험했다.

두 가지 경험은 태양을 초월자로 각성시켰다.

그 사실을 인식한 도서관 전지가 정해진 프로세스에 따라 태양을 소환한 것이다.

태양은 그에 응했고.

본래라면 도서관 전지(全知)의 주인이자 제3계위 마왕, 바싸고가 나타나 태양을 맞이해야 했겠지만…….

"없네."

단탈리안이 말한 대로다.

-태양아, 바쁜 중에 알려 줘야 할 게 있는데.

"알아."

태양이 현혜의 말을 채 듣지도 않고 끊었다.

"밑에 마왕이 나타났다고?"

-어, 응. 어떻게 알았어?

"들었어."

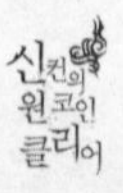

초월 과정에서 그가 인지할 수 있는 모든 정보를 수집하고 처리했다.

그의 인식능력 바깥에 있는 정보마저도 수집했다.

미세하게나마 마이크를 타고 전해진 음파(音波)를 수집하지 못했다는 게 오히려 말이 안 되는 일이다.

–그럼 알겠네. 상황이 엄청 심각해. 강철 늑대 용병단이 완전히 궤멸했어. 실버까지.

"별림이는?"

–일단 일행은 전부 도망치고 있어. 유리 막시모프 빼고.

"다행이네."

–아예 승부가 안 되니까. 아마 피 튀기는 번개랑 카인이랑 유리 막시모프, 이렇게 세 명이 벨레드랑 싸우고 있는 것 같아.

위급하다.

하지만 태양은 당장 내려갈 수 없었다.

"젠장. 이거 지금 아니면 못하는 거란 말이야."

단탈리안의 말에 따르면…… 급할 뿐만 아니라 중요하다.

태양이 알고 싶었던 정보들이 바로 여기에 있을 테니까.

"일단 당장은 안전하다니 다행이네. 버티고 있어 봐."

태양이 가까운 책장에 손을 뻗었다.

한 권, 한 권이 거의 태양의 상반신만 한 책들.

무게 역시 일반적인 종이 서적의 무게는 아니어서, 책을 든 태양의 손등과 팔뚝에 힘줄이 돋아 올랐다.

"무슨 책이……."

파라라라락.

책을 펴는 동시에 태양의 정신이 침잠했다.

동시에 차원 미궁의 역사가 파노라마처럼 지나갔다.

최초의 뱀파이어 플레이어의 탄생.

23층 최초 클리어.

오크 진영에 안드라스의 계약자 등장.

그레모리의 구역 내에서 반란 획책, 후원자였던 엘프 진영 플레이어의 사망.

인간 진영의 다섯 번째 S등급 클랜 '아포크리파를 신봉하는 들개들' 탄생.

엘프 진영, 정령의 차원 간섭술을 이용해 오크 진영과 접촉 성공.

제 361회 각인 작업, 엘프 진영 A+ 등급 플레이어 등장.

……

차원 미궁에서 일어난 역사가 방대한 정보가 되어 태양의 뇌를 훑었다.

아마 태양이 차원 미궁에 접속하기 대략 20여 년 전의 기록.

기간은 대략 1년.

태양의 이마에 힘줄이 돋아났다.

초월하기 전의 태양이 겪었다면 굉장히 고통스러웠을 작업.

다행히도 각성 이후의 태양에게는…… 견딜 만했다.

직전 애프터 아포칼립스를 사용하여 얻어 낸 '인지 능력'.

그리고 그에 따라온 '정보 취사 선택' 능력 덕분이었다.

방대한 정보를 전부 처리했다면 아무리 강화된 태양의 뇌라도 과부하를 먹을 수밖에 없었을 터다.

약 30초간 머리를 식힌 태양이 다시금 책장에 손을 뻗었다.

이번에는 육체가 아니라 마나를 사용했다.

수십 권의 책이 책장에서 우수수 떨어져 내린다.

태양의 인도 하에 떨어진 책들은 마술같이 그 속살을 활짝 드러낸 채다.

태양이 원하는 정보.

마왕이 어떤 목표로 차원 미궁을 만들었는가.

그리고 우리는 꼭대기에 올랐을 때 어떻게 고향 차원, 지구로 돌아갈 수 있는가.

초월자로서 더 오랜 시간 보내며 권능을 다루는 데 익숙해졌다면 도서관 전지에 수납되어 있는 오토 서치 시스템을 사용할 수 있었겠지만, 이제 막 초월자의 격을 간신히 얻어 낸 태양에게는 아쉽게도 요원한 일이었다.

기술이 없으면 몸이 고생해야 하는 법이다.

태양의 정신이 일순 수십 개로 쪼개져 각각의 책에 침잠하고, 부상했다.

"쿨럭."

가볍게 머리를 흔든 태양은 곧장 책장의 한 줄을 통째로 꺼냈다.

그다음으로 두 줄, 세 줄.

책장의 절반.

책장 하나를 통째로.

익숙해지는 동시에 더욱 한계로 몰아치는 짧은 시간 속의 반복.

“크읍.”

태양은 반사적으로 튀어나오는 구역질을 참았다.

아무리 걸렀다지만, 솔직히 힘든 작업이었다.

뇌에 부하가 오기라도 한 건지, 송곳으로 째는 듯한 통증이 머릿속을 쨍하고 울렸다.

‘못 하는 일인가?’

아니다.

견딜 수 있다.

초월하며 강화된 뇌는 견딜 수 있다.

이건 태양이 인간 시절의 경험을 잊지 못해 본능적으로 하지 못할 거라고 생각해서 나타나는 거부반응이다.

고개를 흔든 태양이 게슴츠레한 눈으로 책장을 훑었다.

어느 정도 읽어보니 도서관이 책을 어떤 기준으로 전시했는지 알 것 같았다.

“전부 읽을 필요는 없지.”

어떤 장비를 만들고, 또 사용 방법을 만들었다면 물건의 목

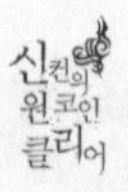

표는 가장 앞쪽에 있기 마련이다.

태양은 파악한 기준에 따라 가장 오래되었을 책장 앞에 다가갔다.

그리고.

투두두두두두두둑.

가장 오래된 책장에 진열되어 있던 수백 권의 책이 떨어져 내렸다.

피 튀기는 번개와 카인의 대결 도중 나타난 마왕, 벨레드.

우습게도 지금 벨레드를 상대하고 있는 건 가장 뒤늦게 나타난 유리 막시모프였다.

더 강한 적이 나타났다고 당장 생사결을 벌이던 칼끝을 돌릴 수는 없는 노릇이었기에.

파라라라라락.

체고가 3m는 훌쩍 넘을 커다란 말을 타고도 바닥에 끌리는 벨레드의 망토가 제 의지를 가진 것처럼 펄럭였다.

권능: 일시정지(一時停止).

손을 내뻗어 망토를 저지하는 유리 막시모프의 코에서 한줄기 핏물이 흘러내렸다.

벨레드는 등장했을 때와 같은 우아함을 간직한 채 특유의 고압적인 말투로 중얼거렸다.

"또 그 가닥 없는 아가레스의 권능이냐. 짐을 막기엔 턱없이 부족하도다."

찌이이익.

시간을 멈추는 권능은 분명 작용하였으나, 범위가 한없이 작다.

고작 어린아이의 주먹만큼을 붙잡는 시간 정지는 벨레드의 망토를 막지 못했다.

"절대 영도는 더 사용치 못하는 것이냐."

빅 프리즈는 우주의 최후를 꽤나 예술적으로 표현한 기술이었다.

벨레드는 대답 없는 유리 막시모프를 보고는 콧방귀를 끼었다.

"……."

"되었다. 같잖은 버러지에게 기대하는 멍청한 짓도 못 할 노릇이지."

이데아(idea) 접속.

"무엇이든 베는 검이라. 부족하다고 생각하지는 않느냐?"

벼려 낸 검은 분명한 상등품이나, 휘두르는 이의 기량이 턱없이 부족하다.

무의미한 발악에 벨레드가 비웃음을 짓는 순간.

"제가 받죠."

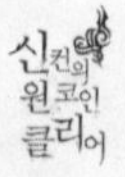

터업.

유리 막시모프가 소환한 검을 쥔 아그리파 기사단장이 땅을 박찼다.

아그리파 투술(Agrifa鬪術) 카인식(Kain式) 변형 제 일식(一式) – 양단(兩斷).

쪄어어엉.

망토를 밀어낸 카인이 직전까지만 해도 본인을 상대하던 오크, 피 튀기는 번개를 보며 이죽거렸다.

"전사답지 못하시군요, 피 튀기는 번개."

"뭐?"

"도망갈 거면 가고, 싸울 거면 싸우십시오. 저 마왕이 우리만 죽이고 돌아갈 것 같습니까?"

피 튀기는 번개가 인상을 썼다.

특유의 뻐드렁니가 흉측한 자태를 자랑했다.

'인간 놈의 말이 옳다.'

피 튀기는 번개가 뒤를 돌아보았다.

그를 바라보는 수많은 오크들.

선택지는 둘이었다.

마왕과 싸우든가, 도망치든가.

'아니, 둘이 아니지.'

칼 한 번 대보지 않고 하는 후퇴는 피 튀기는 번개에게 죽음과 다를 바가 없다.

목숨을 의미하는 게 아니다.

오크의 사회에서의 죽음.

살고 싶어 등을 내보인 전사는 역사에 기록되지 못했다.

이 자리에서 피 튀기는 번개가 도망치면, 후세의 오크들은 그를 전사로 인정하지 않을 것이다.

혹여 기록이 되더라도 날이 잘 드는 살인 기계라는 조소나 받을 뿐.

공동체를 그 무엇보다 중요시하는 오크에게 공동체에서 인정받지 못하게 되는 사회적 죽음은 실제로 목숨을 잃는 것보다 더 치명적인 문제였다.

화르르륵.

피 튀기는 번개의 어깨에서 커다란 검은색 불꽃이 솟아올랐다.

"아몬의 불이라. 그 간교한 늑대가 귀한 권능을 내놓았구나."

"크아아아아아!"

"기백은 좋군. 그래. 발버둥 쳐 보아라."

벨레드가 웃었다.

"친히 행차하여 기분이 좋지 않았는데, 이거 짐의 생각보단 흥미로운 작업이로군."

논밭에서 먹을 농작물이 얼마나 싱싱한지 알아보는 일과 같았다.

때마침 세 차원의 결과물이 한자리에 있지 않은가.

아가레스의 후원자, 아몬의 후원자.

그리고…….

벨레드의 동공이 카인을 직시했다.

"마지막 놈의 속살은 또 얼마나 달콤한 모습일지."

기대 이상으로, 재미있었다.

"빌어먹을."

기어코 신물을 뱉어 낸 태양이 입가를 훔쳤다.

-목표는 알아냈어?

"그래. 차원 미궁은…… 차원을 침략하는 도구야."

-뭐?

"이 새끼들이 우리한테 시켰던 짓 있잖아. 다른 차원 침략하고, 거기서 권능 빼내고."

차원 미궁 역시 그 연장선상에 있었다.

지구, 에덴, 창천과 같은 비대 차원을 침략하기 위한 장치가 바로 그들이 있는 차원 미궁이었다.

"차원 미궁의 꼭대기에 올라선 자는 모든 걸 알 수 있다? 개소리였어."

그냥 강할 뿐이다.

미궁을 오르는 건 72층이라는 마왕이 만들어 낸 시련을 모두 이기고 올라설 정도로 가치 있는 영혼이라는 증명일 뿐이다.

"마왕들은 가장 먼저 올라온 플레이어의 차원을 침략할 생각이었어."

가장 재능 있는 플레이어를 배출한 차원.

이는 곧 해당 차원에 가치 있는 영혼이 널려 있다는 뜻이었으니까.

"그러니까 우리는…… 우리가 A등급의 식품이라는 걸 증명하기 위해서 미궁을 오르고 있었다는 소리지."

으드득.

태양의 입에서 섬뜩한 뼈 소리가 울려 퍼졌다.

차원에는 자체적으로 외부 차원의 존재에 대한 방비가 있고, 이 방비는 차원이 커질수록 강력해진다.

지구 정도 규모의 차원을 침략하는 건 마왕 입장에서도 72명이 힘을 합해야 성립하는 계획이었다.

그랬다.

침략할 후보 차원군이 셋이나 있었고, 마왕들은 모두가 인정할 수 있는 차원 선정을 위해 차원 미궁을 만들었다.

애초에 돌아갈 방법 같은 건 없었다.

차원 미궁에 들어온 플레이어는 모두 마왕이 먹어 치우고, 그중에서 가장 특출 난 가능성을 보인 차원은 그 차원까지 통째로 먹어 치우는 게 마왕들의 계획이었다.

–그건…….

"그나마 다행이야."

태양이 마나를 끌어 올렸다.

"놈들 안에서 거의 유일하게 다른 생각을 하는 놈이 우리에게 붙었으니까."

태양은 단탈리안의 부탁을 듣고 바싸고의 도서관, 전지에 올라왔다.

단탈리안의 부탁.

도서관, 전지에 올라가 파괴하는 것.

이는 태양에게도 좋은 일이었다.

이렇게 정보를 알 수 있고, 업적도 쌓을 수 있었으니까.

업적.

다른 말로 하면 신성의 조각이다.

신성을 부풀리는 방법 역시 업적과 같다.

위업을 쌓는 거다.

그리고 전지를 파괴하는 위업은 확실히, 초월자에게도 의미가 있었다.

단탈리안은 태양을 초월자의 위(位)에 올리는 것에 만족한 게 아니라 그 이상으로 성장시키고 싶어 했다.

"그래야 마왕과 대적할 힘이 될 수 있을 테니까."

약 30초 간의 충전.

초월 이전의 태양이라면 상상할 수도 없을 정도로 방대한

양의 마나가 요동쳤다.

이윽고.

스타버스트 하이킥(Starburst High Kick) – 캐논 폼(Canon Form).

태양의 발끝에서 뻗어 나온 은하수가 역대 차원 미궁의 기록과 마왕의 역사를 지웠다.

"크어어어어어!"

"짐은 돼지 멱따는 소리를 내도 된다고 허용한 적 없다."

퍼어억.

벨레드의 손짓 한 번에 열다섯의 오크 전사가 한줌의 핏물이 되어 녹아내렸다.

생각 이상의 현장감에 즐거워하던 기색은 어디로 가고, 어느새 벨레드의 표정은 권태와 무료함으로 점철되어 있었다.

"버러지들. 어떻게든 1초라도 숨을 더 붙여 보려고 이리저리 재는 꼴이 위나 아래나 역겹기 그지없어."

가볍게 한숨을 내쉬는 벨레드의 머리 부분, 공간이 일그러졌다.

시작 직전.

파라라라락!

위험을 인지하는 동시에 망토가 벨레드를 감쌌다.

그 위에 쏟아지는 폭발을 확인한 피 튀기는 번개가 고함을 내질렀다.

"크아아아아아아아!"

정수리부터 시작해 발바닥까지 복잡하게 그어진 문신이 새까만 불빛이 되어 일렁였다.

권능: 겁화(劫火).

망토가 시야를 차단하고, 폭발음이 소리를 차단한다.

그 위에 아몬의 겁화가 떨어져 내렸다.

푸화하하하하하학!

존재의 본질을 태우는 지옥의 불꽃이 벨레드의 망토에 달라붙었다.

"됐다!"

"불이 붙었다!"

"대족장!"

그를 바라보던 오크 전사들이 환호성을 내질렀다.

피 튀기는 번개가 주술사로서의 수명을 아낌없이 태워야 피울 수 있는 불꽃이 바로 겁화다.

대상에 상관없이 연소체가 새까맣게 될 때까지 꺼지지 않는 불.

이제껏 차원 미궁에서 만난 모든 존재에게 통용된 법칙이었다.

여기에 아몬의 권능까지 뒤섞였으니 더한 설명을 필요 없었다.

물론 마왕인 벨레드를 이 불꽃 하나로 죽일 수는 없겠지만, 타격을 입힐 절호의 기회인 것이다.

"저 사갈 같은 망토라도 치워 버릴 수 있겠군!"

"팔 한쪽 정도는 얻어 올 수 있지 않을까?"

하지만 오크 전사들의 희망적인 예상과 현실은 달랐다.

신경질적으로 망토를 내던진 벨리드의 눈에는 한 줌의 짜증이 담겨 있을 뿐이었다.

"기껏 내린 귀한 불을 고작 이딴 저급한 주술에 섞다니. 아몬이 위에서 한숨을 내쉬겠군."

겁화에 불타오르는 망토가 원을 그렸다.

마법진의 기초이자 세상을 뜻하는 도형.

원.

그 안에 불규칙적으로 타오르는 아몬의 불꽃이 그을음을 새겨 넣었다.

"보아라, 녹색 버러지야. 네가 일생을 쌓아 올린 기술은 이 불꽃이 스스로 새겨 넣는 이적만 못하다."

피 튀기는 번개의 망치가 어느새 벨리드의 준마를 노리고 떨어졌다.

주인을 닮아 무심한 눈으로 망치를 올려다보는 준마.

타격을 확신한 피 튀기는 번개의 녹색 팔이 마치 생체병기처럼 팽창했다.

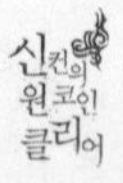

그리고 강타하는 순간, 벨레드의 망토가 그린 원에서 검붉은 광선이 뿜어져 나왔다.

화르르르르르르.

녹아내린 피 튀기는 번개의 망치.

“보여 줄 게 고작…….”

“크아아아아아아아아!”

혼을 녹이는 불꽃에 맞으면서 피워 내는 통한의 전쟁 함성.

워크라이(Warcry).

오크 최강의 전사의 성대에서 뻗어 나온 음파가 벨레드의 오감을 뒤흔들었다.

동시에 벨레드의 뒤편에서 유리 막시모프가 나타났다.

얼마나 무리를 했던지 창백했던 피부는 새빨갛게 달아올랐고, 눈, 코, 귀, 입의 일곱 구멍에서는 죽은 피가 왈칵왈칵 쏟아져 나왔다.

이미 잔뜩 무리한 소녀는 다시 한번 무리했다.

스킬 합성.

권능: 일시정지(一時停止) + 절대 영도.

절대영도 - 엔트로피(Entropy): 빅 프리즈(Big Freeze) 일부 구현.

까드드드드드득.

시공간이 얼어붙는다.

피 튀기는 번개가 목숨을 태워 가며 벌어 낸 찰나를 비집고 들어온 유리 막시모프의 일수(一手).

유리 막시모프를 바라보며 일시적으로 굳어 버린 벨레드의 얼굴에 짜증과 당혹이 동시에 묻어났다.

쨍그랑!

하지만 이 역시 찰나를 반 호흡으로 늘려놓는 지연에 그쳤다.

마왕을 상대로 차원 미궁의 최상위 플레이어 둘이 목숨을 걸고 합작하여 이뤄 낼 수 있는 최선은 고작 반 호흡을 빼앗는 것이 끝이었다.

'하지만 그걸로 됐어.'

유리 막시모프가 울혈을 뱉어 내며 눈을 빛냈다.

땅에서 새로 망치를 뽑아 올린 피 튀기는 번개가 다시 한번 함성을 내질렀고.

"드디어."

벨레드가 기다리고 기다리던, 카인이 공세였다.

유리 막시모프가 이데아에서 뽑아낸 검이 휘영청 나선을 그렸다.

"바알이 내린 권능은 무엇이냐!"

벨레드의 눈빛 한구석에 욕망이 스친다.

후욱.

날숨을 뱉어 내는 카인의 동공이 시퍼렇다.

아그리파 투술(Agrifa鬪術) 카인식(Kain式) 변형 제최종식(最終式) – 미래(未來).

정의행은 변형이라는 키워드를 가지고 일시적으로 세상의 법칙에 간섭했다.

아그리파 투술의 키워드는 관조였다.

검을 휘두르며 미래를 본다.

0.1초 뒤의 미래, 0.5초 뒤의 미래, 1초 뒤의 미래를.

단지 볼 뿐이다.

0.1초 뒤에 벨레드가 어떻게 반응하는지.

0.5초 뒤에 그를 둘러싼 마나가 어떻기 이동하는지.

그리하여 1초 뒤에 벨레드가 어떻게 대처하여 카인의 일격을 막아 내는지.

카인은 그 미래를 보고 대처한다.

그뿐이다.

아그리파 투술을 극한으로 단련했다면, 베지 못할 것은 없다.

만약 베지 못했다면 그것은 수련자의 부덕.

벨레드의 0.1초 뒤의 행동에 대처하기 위해 카인 역시 실시간으로 검로를 뒤바꾸고, 뒤바뀐 검로에 벨레드가 다시 반응한다.

누군가는 인지하지도 못하고 지나갈 찰나에 수십, 수백 번의 아무것도 아닌 공방이 오간다.

우드득.

카인의 연골이 갈려 나갔다.

벨레드의 마나가 78번 구성되고, 마법으로 이루어지기 전에 모조리 분쇄됐다.

극한으로 집중한 카인의 시야 안에서 벨레드의 눈썹이 서서히 들린다.

터엉.

과도한 반복 이동에 카인의 전완근이 퍼졌다.

카인은 마나를 이용해 강제로 움직여 행동을 이었다.

150개의 마법식을 더 베어 냈을 때쯤, 새빨갛게 부어오른 카인의 눈동자에서 기어코 피가 흘러내렸다.

벨레드가 가까워지는 검을 보며 생각했다.

아그리파 투술의 최종식, 미래.

권능의 반열에 들기 충분한 기술이다.

들고도 남는다.

비록 척 보기에도 말도 안 될 정도로 까다로운 조건을 달성해야만 펼칠 수 있는 기술이지만, 어떠한 방식으로든 어떤 조건을 붙이든 100% 확률로 미래를 확신할 수 있다는 건 위대한 일이다.

'다만, 약해.'

검은 벨레드의 심장을 겨누고 있으나, 그 위력이 형편없다.

왜 그는 권능을 사용하지 않는가.

'아니, 아니군.'

그가 인지하지 못한 방식으로 사용하고 있는 게 분명했다.

'미래를 본다는 터무니없는 짓을 한낱 필멸자가 권능의 도움

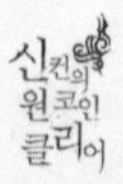

도 없이 해낼 수 있을 리가 없어.'

벨레드는 그렇게 생각했다.

카인이 입술을 달싹이기 전까지는.

샛별.

검극에 짙은 회색빛이 감돈다.

놀랄 시간도 주지 않고, 추락하는 샛별이 경멸하는 왕의 목덜미에 꽂힌다.

그를 확인한 벨레드의 입가가 작은 호선을 그렸다.

감탄과 허무함, 그리고 즐거움이 담긴 호선을.

'바알, 간교한 초월자 같으니.'

푸화하하하하학!

벨레드의 목에서 짙은 회색으로 물든 피가 뿜어져 나왔다.

피의 색은 직전 카인의 검극에 맺혔던 회색과 동일했다.

쨍그랑.

카인이 검을 놓쳤다.

피 튀기는 번개가 함성을 멈추고, 유리 막시모프가 자리에 주저앉았다.

"이, 이긴……건가?"

위치스 소속의 마녀 하나가 나지막이 중얼거린다.

그리고.

"타락이라…… 아쉽게 되었구나, 바알이 후원하는 기사여."

벨레드가 너덜거리는 목을 고정하며 웃었다.

"네 검로(劍路)는 현세에서 다시 나올 수 없이 완벽했고, 검 역시 그 무엇과도 비견할 바 없이 날카로웠으나……. 그래서 애석하다."

철퍽.

목이 다시 붙었다.

"샛별은 타락을 종용하는 기운. 하나 이 몸은…… 아쉽게도 이미 타락한 전적이 있노라."

스스로 타락했다 말하는 것은 왕에게 어울리지 않는 짓이나, 벨레드는 긍정했다.

실제로 그의 혈관을 타고 흐르는 피는 타락의 증거였기에.

그리고 카인의 일검은 그만큼 가치가 있었기에.

대상이 벨레드가 아닌 다른 마왕이었다면 어떻게 되었을까.

아주 일순간이나마, 이 일격에 자아와 이지를 동시에 잃고 날뛰는 괴물이 되어 차원 미궁을 엉망진창으로 만들었겠지.

적어도 그 틈을 타 도망칠 수 있었을 것이다.

하지만 안타깝게도, 상대는 벨레드였다.

"네놈에게 부족한 건 오직 한 줌의 운뿐. 짐이 인정하지. 바알이 후원할 만한 재능이었다."

사위가 절망에 휩싸인다.

그때, 뒤에서 나지막한 목소리가 울려 퍼졌다.

"다행이야."

쿠웅.

유리 막시모프가 눈을 동그랗게 뜨고 뒤를 돌아보았다.
"안 늦어서."
가볍게 입술 끝을 말아 올리는 거친 인상의 남자.
차원 미궁에 입장한 73번째 초월자.
태양이었다.

⁂

차원 미궁 최상층, 판테온.
단탈리안은 72개의 의자 중 가장 화려한 의자에 앉아 다리를 꼬고 곱씹었다.
초월자의 자질이란 무엇인가.
재능에 의해 결정되는 걸까, 아니면 그 이상의 무언가가 작용하는 건가.
사실 결론은 단순했다.
자질을 타고나고, 거기에 노력을 곱해야만 될 수 있는 존재가 바로 초월자다.
다만 자질도 노력도 천문학적인 수준이어야겠지만.
하지만 마왕들은 그 사실을 인정하지 않았다.
"멍청이들."
개구리가 올챙이 적 시절을 기억하지 못하는 것과 같다.
자신들이 초월한 이유에 그들 자신도 찾지 못한 어떤 대단한 무언가가 있다고 생각했다.

그러니까 평범한 필멸자를 초월자로 만들어 낼 가능성이 있는 시스템을 만들어 놓고도 태평하게 웃고 떠들며 구경이나 해대고 있었겠지.

윤태양에게서 가능성을 확신한 이가 단탈리안뿐이었다는 현실이 단탈리안의 생각이 옳음을 증명했다.

"과거엔 아니었지만, 지금은 너무 많은 이들이 머저리가 되어 버렸습니다."

평화에 젖어 지나치게 감이 떨어져 버린 싸움꾼들.

치울 때가 되었다.

그리고 솔직해질 때도 되었다.

계위에 얽매여 그보다 위의 마왕에게 고개를 숙이는 비참한 삶은 이쯤이면 되었다.

제63계위 마왕, 파멸의 안드라스가 고개를 주억거렸다.

"드디어, 인가."

제51계위 마왕, 공포의 발람 역시 동공에 위치한 귀화를 피워 올렸다.

"단탈리안. 당신이 옳다고 생각하지는 않습니다."

하지만 솔직하다고는 생각한다.

둘 다 틀렸다면, 그나마 솔직하기라도 한 편에 서는 것이 올바르지 않겠는가.

발람이 거의 사그라든 정의감을 불태운 반면, 순수하게 단

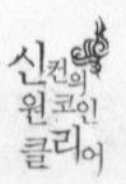

탈리안에게 동의하는 마왕도 있었다.

제16계위 마왕, 결투의 제파르다.

제파르가 고막을 통째로 긁어 내는 듯한 쇳소리로 웃었다.

"클클. 너무 오래 기다렸어."

제56계위 마왕, 진실의 그레모리는 고개를 저었다.

"저는…… 방관하겠어요. 미안해요. 당신이 옳다고 생각하지 않아요."

"물론. 당신은 이제껏 그래 왔었죠."

"……."

"앞으로도 그럴 테고요."

단탈리안부터 그레모리까지.

합쳐서 다섯 명의 마왕.

직접적이든 간접적이든.

지금부터 벌어질 난장판은 이들이 계획한 것이었다.

그들의 중앙에서, 제3계위 마왕, 예언의 바싸고가 물었다.

"자네들…… 자신 있나? 이게 올바른 선택이라고 확신해?"

단탈리안이 싱긋 웃었다.

"당신이 있으면 성공할 분란도 실패하게 되어 있거든요. 선택의 여지가 없었습니다."

"이런, 현명한 선택이라서 할 말이 없군. 그런데 말이야. 내가 이것도 예상했을 거라는 생각은 못 했나?"

"물론 했죠."

쿠와아아아아아아아앙!

판테온의 구조물 절반이 한순간에 가루가 되어 흩날린다.

"생각보다 늦었군요."

"단탈리안."

분노에 찬 목소리.

이제는 온전히 사냥꾼의 복색을 한 녹색 신사, 제7계위 마왕, 대공 바르바토스다.

그 뒤로 십수 명의 마왕이 따라 들어왔다.

역시, 전투를 상정한 복색.

바르바토스가 맹수처럼 으르렁거렸다.

"싸움을 피할 생각은 아니겠지."

단탈리안은 대답이 없었다.

바르바토스의 뒤에 선, 빛나는 왕관을 쓴 여인이 고혹적으로 웃었다.

"쫄았어? 두려우면 지금껏 착복한 권능을 다 뱉고, 사죄의 의미로 바닥에 머리를 찍어. 목숨만은 살려 줄게."

전투 직전의 대치 상황.

단탈리안이 물었다.

"바싸고, 당신은 어디까지 보셨습니까?"

"어리석은 질문이군."

"그렇다면 당신은 원래부터 알고 있었습니까?"

바싸고가 능청스럽게 어깨를 으쓱였다.

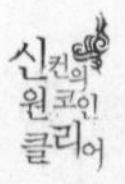

"바알?"

"예."

"모르는 게 더 이상하지 않겠나?"

"지금 무슨……."

바르바토스의 말을 끊고, 한 남자가 등장했다.

나태한 귀공자.

마왕의 왕.

제1계위 마왕, 바알.

그리고 그의 뒤로 따라오는 아가레스를 비롯한 30가량의 마왕들.

"자, 드디어 다 모였나?"

단탈리안이 씨익 웃었다.

72명 중 절반을 살짝 웃도는 수준의 숫자.

절반에 가까운 이들이 마왕의 자격을 거세당했다는 이야기다.

아니, 절반이 남아 있는 게 다행인가.

"정말 길었군요."

바알.

올 줄 알았다.

애초에 그의 목표는 바르바토스가 따위가 아닌, 바알이었으니까.

'이런 난장판을 당신이 참고 넘길 수 있을 리가 없죠.'

바르바토스와 단탈리안이 벌인 난장판.

바알의 성정이라면 끼지 않고는 못 배긴다.

바알은 일대일로 이길 수 없었다.

지난 시절 단탈리안이 직접 몸으로 체험했다.

하지만, 수십의 마왕이 한자리에서 얽히고설키는 전장이라면, 이야기는 다르다.

천변.

현혹하고 의태하여 상대방을 찍어 누르는 걸 누구보다 잘하는 마왕이 바로 단탈리안이었으니까.

'지금'

단탈리안이 속으로 읊조린 바로 그 순간, 태양이 바싸고의 도서관, 전지를 부쉈다.

바싸고가 눈을 동그랗게 떴다.

"이것까지는 못 봤는데."

포인트는, 마왕들의 기록이 사라졌다는 것.

이는 즉, 그들 사이의 세워진 위계의 기록이 사라졌음을 의미했다.

'계위'는 마왕끼리의 전투를 마지막의 마지막까지 지양하던 방위선인 동시에 족쇄다.

[제71계위 마왕, 천변의 단탈리안]

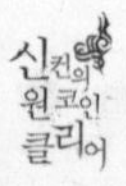

단탈리안이 머리 위에 떠오른 증강현실을 손으로 잡아 뜯었다.

우드득.

[제01계위 마왕, 천변의 단탈리안]

[동위의 마왕이 둘 존재합니다.]

⁂

모니터 안에서 극적으로 등장한 태양이 마왕 벨레드 앞에서 히죽 웃었다.

상당히 기분이 나빴던 듯, 인상을 찌푸리고 있는 벨레드.

일촉즉발의 상황에 화면 일부분을 차지하는 채팅 창이 주르륵 내려갔다.

—결국 이렇게 되네.

—이거 굳이 싸울 필요 있나…?

—마왕이 개입한 거부터 그냥 답 없는 거 아님?

—에반데…

—아무리 윤태양이 강해졌어도 이거 되는 거 맞음?

—활강하는 매인가 오크 최상위 플레이어한테 처맞고 골골거리던 게 엊그제인데.

–각성했잖아.

–결국 차원 미궁 엔드 컨텐츠는 마왕 잡는 거라고 예상한 사람들 많았잖아. 실제로 마왕이 플레이어들 다 잡아먹을 예정이라고 했고. 결국은 싸워야 함. 이 기회에 잡으면 되지.

–지금 겨우 50층 대인데 70층 넘어서 만나야 할 상대를 만나는 건데… 가능한가?

–윤태양은 항상 동층 쌈 싸먹는 스펙이었음. 가능할 듯?

–그냥 여기서 윤태양이 죽자. 그게 낫다

–개소리하지 말고.

–아니 진심으로 그냥 윤태양이 죽는 게 나은데?

–ㄹㅇ. 지금 정부는 당장 가서 윤태양 캡슐 코드 뽑아야 함.

–???

–뭐지 이 새끼들. 단체로 실성했나.

태양의 시야와 채팅 창.

모니터가 영사하는 화면이 동시에 난장판으로 바뀌었다.

하지만 현혜는 채팅도, 전투도 보지 못했다.

현관 앞에 서 있을 뿐.

똑똑똑.

현혜가 불안함을 감추지 못하고 손톱을 잘근잘근 깨물었다.

문 너머에서 낯선 목소리가 흘러나왔다.

“안에 없어?”

"있을 겁니다. 방송도 틀어져 있고."

"그런데 왜 대답이 없어?"

"노크 소리가 작아서 못 들었나 봅니다. 아, 대표님. 초인종을 눌러 보시죠."

"때잉. 어린 친구들은 노크 문화에 익숙지가 않은가? 별 곳에서 다 세대 차이를 느끼는군."

세대에 설치된 벨소리가 태양의 집을 울렸다.

현혜가 고개를 돌려 인터폰을 확인했다.

경찰, 군인.

그리고 그 사이에 양복을 입고 선 키 작은 노인.

'대한민국 정부.'

현혜는 사실 이렇게 될 줄 알고 있었다.

오히려 늦었다고 생각했다.

윤태양 관리 청원.

가상현실에 접속해 세계와 3억의 인류를 위해 힘쓰고 있는 태양이다. 그의 신변을 국가 차원에서 보장해야 한다는 의견은 뉴스에 오르내린 지 한참이나 지났을 정도였다.

다만 '태양의 허락 없이 그의 육체를 정부 차원에서 관리해도 될 것인가'와 같은 인권 차원의 문제가 불거졌기에 지금까지 유예되어 왔을 뿐이다.

아니, 솔직히 현혜가 생각하기에는 한국 정치 특유의 진영논리 탁상공론이 더 큰 지분을 차지하긴 했다.

쇼맨십 차원에서 여당과 야당의 여러 의원이 자신들이 하겠다고 나서니 일이 지지부진했다.

당파끼리 갈려 누군가는 인권을 생각해야 한다, 누군가는 국가 차원의 중대사이니 윤태양의 안전은 보장되어야 한다는 등 서로가 서로의 행동에 제동을 걸어 댔으니.

하지만 어제저녁, 태양이 도서관 전지에 들어선 뒤로 여론이 완전히 바뀌었다.

'경황이 없었을 거야. 상황이 상황이었으니까. 다른 계산 없이 진실을 말했을 뿐이겠지만…….'

그 진실이 문제다.

바알을 비롯한 72명의 마왕은 차원 미궁에 들어선 모든 플레이어를 잡아먹을 심산이었다.

그리고 가장 독보적인 한 명이 나타난 차원을 골라 그 차원까지 침공하는 계획까지 세웠다.

이를 다른 말로 하면, 만약 태양이 아무런 성과도 내지 못하고 죽는다면 지구의 피해는 인류 3억으로 마감되는 것이다.

3억.

천문학적으로 많은 숫자지만 나머지 67억의 목숨을 담보로 잡아 놓고 보면 그 무게감은 설핏 달라졌다.

갑론을박만 일삼던 대한민국 정치인들도 움직일 수밖에 없었다.

도덕적인 시각에서 봤을 때 3억을 죽이고 나머지 67억을 살

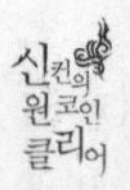

릴 권리는 그 누구에게도 없다.

아니, 단 한 명이라도 인간이 타인을 죽일 권리는 없다.

도덕적인 시각에서는 그렇다.

현 상황에서 윤태양의 생사는 나머지 67억의 인류가 위험에 빠질지, 빠지지 않을지를 결정할 수 있는 스위치가 되어 버린 것이다.

태양은 차원 미궁에서 주도적으로 결과를 낼 수 있는 유일한 지구인이었고, 태양만 죽으면 마왕들은 적어도 지구를 '먹이 차원'으로 고를 가능성은 사실상 0에 수렴하게 될 테니까.

덜컥.

현혜가 문을 열자 경찰과 군인을 병풍처럼 대동한 노인이 금테 안경을 치켜 올리며 웃었다.

그 뒤로 카메라를 든 기자들이 부지런히 움직였다.

찰칵, 찰칵.

"허허. 처음 뵙겠습니다, 주현혜 양."

"안녕하세요."

"일단 방송부터 끄시죠. 지금부터 할 이야기는 대외비에 속하는 것이 될 겁니다."

"음소거는 해 뒀어요. 죄송한데 방송을 끄는 건 어려울 것 같습니다. 저도 미리 알아봤는데 워낙 많은 사람이 접속해 있는 터라 서버 차원에서 문제가 있다고……."

솔직히 이야기하면 현혜가 즉석에서 지어낸 거짓말이었다.

태양이 각성 과정에서 음소거한 마이크에 입력된 음성을 듣고 벨레드의 등장을 알아냈었기 때문이다.

'내가 직접 전달하지 못하는 상황이 올지도 모르니까.'

지금이야 오프라인으로 연결해서 직접 음성을 전달하고 있지만, 저 사람들이 캡슐을 가져가 버리면 불가능해진다.

노인은 뒤의 사람에게 잠깐 물어보더니 이내 고개를 끄덕였다.

"네. 괜찮다고 하는군요."

노인은 자신이 소속된 당과 당 내부에서 자신이 어떤 위치인지를 자연스럽고 기품 있게 소개했다.

말본새에 자연스럽게 벤 자기 자랑.

현혜는 떠벌려 대는 노인을 보며 자신감에 잔뜩 취한 늙은 두꺼비를 떠올렸다.

……다행히도 그 생각을 내뱉는 참사는 일어나지 않았다.

"아, 네."

가볍게 고개를 숙인 현혜는 어색한 태도로 그들을 태양의 집 내부에 들였다.

노인은 이후로도 현혜가 인터넷에서 찾아본 것보다 훨씬 미인이라서 놀랐다는 둥, 태양의 집이 생각보다 쾌적하지 못한 환경이어서 걱정이 된다는 둥 별의 별 이야기를 떠벌려 댔다.

그리고.

"……사실상 윤태양 군의 생사여탈권은 핵무기보다 더한 전

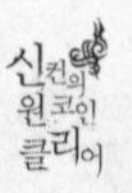

략적인 가치를 지니게 되었다는 뜻입니다. 코드를 뽑는 순간 3억의 인류 목숨이 날아가고, 그렇다고 그대로 유지만 하고 있자니 낮은 확률이겠지만 최악의 경우 마왕들의 침공으로 지구가 멸망할지도 모르는 일이니 말입니다."

"……지금 태양이 목숨을 대외 정치 외교에 활용하겠다는 말씀이신 건가요?"

"하하하. 농담이 지나치십니다. 어떻게 사람 목숨을 가지고 장난을 치겠습니까. 다만…… 다른 나라나 범죄 단체의 손에 윤태양 군의 신변이 넘어가면 그런 비극이 일어날 가능성이 있으니 미리 확실한 조치를 해 두기 위해서 저희가 온 겁니다."

"그렇지 않아도 경찰이고 군인이고 집 주변에서 경계를 서잖아요. 이거면 충분……."

"충분하지 않기 때문에 저희가 이렇게 대화하고 있지 않겠습니까."

늙은 두꺼비가 웃었다.

현혜 주변에 늘어선 양복을 입은 남자들은 웃지 않았다.

현혜가 할 수 있는 건 입을 꾸욱 닫은 채 비언어적 표현으로 소심하게 반항을 표하는 것뿐이었다.

그때, 캡슐을 건드리던 사람들이 혼비백산을 한 채 노인에게 다가왔다.

"왜 그래? 무슨 일이야?"

"캐, 캡슐 안을 확인했는데……."

이어지는 말에 현혜가 저도 모르게 벌떡 일어났다.

"말도 안 돼."

당장 어제저녁에도 확인했다.

현혜가 캡슐에 다가갔다.

반투명한 뚜껑.

하루에도 몇 번씩 덜컹거리던 캡슐의 안은.

텅 비어 있었다.

태양은 단탈리안이 주선한 푸르카스와의 계약 이행을 위해 여러 차원에서 권능을 수집했던 전적이 있었다.

솔직히 이야기하자면 그동안 겪은 여러 가지 경험에도 불구하고 태양은 어떤 기술이 '권능'의 자격이 있는 건지 명확하게 판단하지 못했다.

물론 권능이 될 수 있는 기술들은 하나같이 혁신적이고 강력하다.

섬 하나를 통째로 날려 버리는 번개를 연성하는 마법도 있었고, 죽은 이를 일순간이나마 되살려 내는 순간 부활 주문도 있었다.

어떤 주술은 인간 A에게서 꺼낸 영혼을 인형에 담는 일을 성공하고, 과거를 되짚는 사이코 메트리가 권능으로 판별되기도

했다.

하지만 분명히 대단한 기술임에도 권능의 위에 들지 못하는 기술이 있었다.

예를 들면 태양이 몸으로 익힌 기술, 역천지공(逆天之工)-파천(破天)이 있다.

태양이 보기에는 분명히 권능 수준으로 강력한 기술이었건만 푸르카스는 고개를 내저었다.

당시에는 몰랐지만, 초월의 위에 올라선 태양은 알 수 있었다.

'정말, 한 끗 차이네.'

한 끗.

신성 덕분에 육신만 초월한 태양이 반쪽짜리 초월자였듯이.

파천 역시 그랬다.

초월의 경지에 오르기 어려운 건 생명체만이 아니었다.

"아쉽네."

역천지공(逆天之工)-파천(破天).

혈도를 반대로 긁어내는 반동으로 뻗어 나온 다량의 에너지가 벨레드의 권능, 권위 앞에서 스러져 내렸다.

"이게 푸르카스가 이야기한 씨앗인가. 50년은 더 갈고 닦아야 한다고 했는데. 듣던 것보단 완성도가 있군."

차원 미궁의 플레이어나 마왕이나 같다.

권능에는 권능으로만 대적할 수 있었다.

태양을 바라보는 벨레드는 직전과 비교했을 때 태도부터 달라져 있었다.

윤태양이 플레이어였다는 사실은 알고 있었으나, 작금 그의 앞에 나타난 태양은 분명히 '마왕'이었다.

[신룡화(神龍化)]

[플레이어 윤태양의 근육, 눈, 비늘, 심장, 혈액, 뼈가 마왕 발록의 능력치를 얻습니다.]

태양이 일시적으로 발락의 거의 모든 신체 부위를 일시적으로 대여했다.

여태껏 느껴 본 적 없는 전능감이 태양의 몸을 감싸 안았다.

마르지 않는 마나.

본 상태와 비교를 할 수 없을 정도로 강화된 신체 능력.

"짐을 여러 번 놀라게 하는구나."

"조금 전부터 느꼈는데, 그거 알아? 당신 말투 좀 극혐이야."

"발락의 신체를…… 강탈했어."

"강탈이라니, 섭섭하네. 정정당당하게 거래했는데."

일대일 대련을 이긴 대가로 받아 낸 권능이다.

사실 감당할 수 없는 수준의 권능인 줄 알고 내준 걸 태양이 억지로 소화해 버린 케이스지만, 여하간.

그 과정이 정의에 입각했다는 사실 만큼은 여지없이 확실했다.

벨레드의 동공이 침잠했다.

초월자라지만 자신만의 오리지널 권능도 없는 반쪽짜리라 생각했다. 하나 발락의 권능이 놈의 특기인 근접 전투를 확실하게 활용할 수 있게 만들어 줬다.

정말로 격에 맞는 초월자와 초월자 간의 전투가 벌어질 판인 것이다.

"자신감이 넘치는군."

"뭐?"

"짐도 이해한다. 이제 막 초월했을 때의 그 감각. 세상이 네 것 같겠지."

벨레드가 입술을 삐뚜름하게 꺾었다.

"기회를 주지."

"무슨 기회?"

"짐에게서 도망칠 기회."

벨레드가 광오하게 선언했다.

"짐은 자비롭다. 윤태양. 짐의 호의를 겸허하게 받아들이는 게 어떠냐."

"살려 주시겠다?"

쿠구구궁.

벨레드의 권위가 사위를 내리찍었다.

산천초목이 고개를 조아리고, 1마리의 개미조차 숨을 죽인

다.

피 튀기는 번개가 헛기침을 내뱉고, 유리 막시모프는 입을 틀어막은 채 각혈했다.

"그래. 이제 갓 발아한 초월자를 죽이기엔 날이 너무 좋아."

벨레드가 시퍼런 동공으로 태양을 직시했다.

"야."

그에, 태양이 웃었다.

"쫄리냐?"

"멍청하군."

나지막한 대답.

이것으로 확실해졌다.

쫄지 않았다면, 태양을 꺾을 자신이 확실히 있다면.

"이렇게 혓바닥이 길 리가 없는데."

콰드드드득.

태양이 진각을 내디디고.

쩌저저적.

뻗어 나온 실금이 용 협곡을 2개로 갈랐다.

벨레드가 고개를 꺾었다.

"이제 막 버러지 티를 벗어 낸 것 치고는 자신감이 과하군."

"그거야 두고 보면 알 일 아니겠어?"

"주제를 알아라."

콰드드드드드드득.

고작 발 구르기 한 번에 협곡이 속절없이 갈라지고, 용들이 놀란 비둘기처럼 날아오른다.

뭐랄까, 세계가 쿠키처럼 물러진 느낌이다.

쿠르르릉.

발락에게서 비롯한 마나가 탄력적인 마나 회로를 타고 호쾌하게 뻗어 나갔다.

정의행(正義行) 1식 - 통천(通天): 윤태양식(式) 어레인지.

동시에 거대한 망토가 벨레드를 휘감았다.

뻐어어어엉!

천공을 울리는 태양의 내기.

벨레드의 이마에 힘줄이 돋았다.

"감히 짐의 자비를 거절해?"

"자비는 무슨."

자존심 상한 왕의 마나가 들끓기 시작했다.

동시에 그의 말이 하늘을 보고 울었다.

히히히히힝!

이미 죽어 버린 벨레드의 애마가 권능이 되어 창백한 말에게 깃들었다.

천마(天馬) - 호르비우스(Horbyus).

말의 창백한 피부에 경갑이 덧대어지고, 벨레드를 휘감은 망토가 그대로 굳어 갑옷으로 화했다.

휘리릭.

벨레드의 오른팔에 휘감긴 망토가 기묘한 패턴으로 꼬아지며 마상창이 되었다.

초월하여 마왕의 위에 오르기 전, 인간 시절 벨레드의 칭호.

하늘 기사.

다그닥.

창백한 말이 단 한 번의 발돋움으로 허공에 몸을 띄웠다.

후웅.

마상창이 태양을 겨냥했다.

심상치 않은 마나 유동에 이미 사위는 하늘로 떠오른 용들에 수북했다.

용의 포효가 피부를 저릿하게 울려 대는 와중, 태양이 웃었다.

"와라."

투웅.

벨레드의 등 뒤로 집채만 한 파형이 생겨났다.

그의 애마 호르비우스가 빙의한 말은 고개를 일직선으로 뻗은 채 네 발을 최대한 접고 내리꽂혔다.

마치 미사일처럼.

"아라실."

후우욱.

태양의 몸에 바람이 휘감긴다.

초월을 겪으며 비대해진 태양의 자아는 아라실의 허락 없이 정령화의 주도권을 가져왔다.

동시에 태양을 중심으로 거대한 회오리가 생겨났다.

푸화하하하학!

“이게 무슨……!”

카인이 저도 모르게 경악하며 빨려 들어가려는 몸을 전력으로 고정시켰다.

피 튀기는 번개, 유리 막시모프, 그리고 용들도 마찬가지였다.

인력의 근원은 태양.

정확히는 태양의 오른발이다.

한 바퀴.

두 바퀴.

엿가락처럼 늘어진 태양의 마나가 오른발을 축으로 휘돈다.

바람의 정령이 마나의 흐름에 편승해 힘을 가하고, 그 원심력을 중심으로 마나가 빨려 들어오기 시작했다.

질량이 커다랄수록 인력 역시 강해진다.

마나도 이 법칙을 거스르지는 않았다.

“얼마나 많은 마나를 제어하기에 이런…….”

마나의 움직임은 다른 가공 없이 세계에 개입할 때 효율이 극단적으로 좋지 않다는 사실은 모르는 이가 없다.

태양의 일격에 투자한 마나가 극악의 마나 효율로 폭풍을 만들 정도라는 이야기다.

꽈지지지지직.

태양이 일으킨 폭풍 일부가 뜯어져 나간다.

하늘 기사의 랜스 차지가 섬광처럼 떨어져 내린다.

태양이 그대로 발을 차올렸다.

스타버스트 하이킥(Starburst High Kick) - 캐논 폼(Canon Form).

발끝에서 뻗어 나오는 파동과 벨레드의 등에서 퍼져 나오는 파형이 순식간에 겹쳐졌다.

꽈아아앙!

빨려 들어가기 위해 안간힘을 쓰던 플레이어들이 속절없이 튕겨 나갔다.

유리 막시모프가 황망한 표정으로 고개를 돌렸다.

"태양은 어디?"

쉬이익.

세상이 느려졌다.

동시에 태양은 빨라졌다.

더 이상 아티팩트 위대한 기계장치는 없었다.

태양이 신성을 개화하는 과정에서 잡아먹었기 때문이다.

다만 간헐적으로 되감고, 빨리 감는 아티팩트의 기능은 태양의 신성에 귀속되어 여전히 기능했다.

'조금 까다로워지긴 했지만..'

위대한 기계장치(The Greatest Machinery) - 빨리 감기.

이 역시 아직 권능의 위에는 달하지 않았지만, 한없이 권능에 가깝다.

태양이 스스로의 격을 조금만 더 갈고 닦으면 그의 권능으로 탁월하게 기여하리라.

콰드득.

쿠키처럼 부스러지는 지반.

느려진 세상 속에서 태양의 몸은 무리 없이 벨레드에게로 접근했다.

심장에서 뻗어 나온 마나가 정수리부터 발바닥까지 미친 듯이 왕복하고, 회로를 까뒤집으며 힘을 불렸다.

역천지공(逆天之工)-파천(破天).

콰드드드득!

벨레드의 투구가 깡통처럼 찌그러진다.

"뭐야. 이렇게 쉬워……."

이면(裏面).

벨레드의 몸이 흐려진다.

형편없이 찌그러진 투구가 다른 세계선으로 넘어가고, 다른 세계의 온전한 머리가 벨레드의 형체를 대체했다.

분명 방어 태세를 취하고 있던 벨레드의 몸은 어느새 투창 자세를 잡고 있었다.

파울 게오르그 버스터(Paul George Buster).

초월의 경지로도 설명할 수 없는 극한의 마나 응집도.

태양이 인식하는 동시에 마상창이 심장을 꿰뚫었다.

푸화하하하학!

마왕이라도 정통으로 맞으면 존립의 위험을 느낄 강격.

그런 강격을 클린 히트시킨 벨레드의 입가는 일자로 다물려 있었다.

"잔재주를 부리는군."

"지는."

마상창에 꿰뚫린 채 능글맞게 웃은 태양.

후욱.

마상창이 그대로 태양의 신체를 뜯어내지만, 뜯기지 않는다.

"정령계라."

"이면은 또 어디야?"

벨레드는 육체를 다른 세계선의 육체와 바꿔치기했고, 태양은 피격하는 즉시 신체를 정령계로 보내서 타격을 피했다.

'숙련도가 비정상적이다.'

마나의 수발은 벨레드로써도 이해할 만한 범주 안이다.

하지만 시간을 다루는 건 명백히 예상 바깥이었다.

그동안 아티팩트로 사용한 시간 장난질은 차원 미궁의 시스템의 도움이 있었기에 가능한 일이다.

지금 태양이 발현한 시간의 기술은 온전히 태양의 컨트롤만으로 사용한 것.

둘은 명백히 다르다.

어제 미적분의 기초를 배우고 오늘 양자역학을 이해한 수준

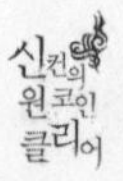

으로 동떨어진 개념이었다.

그런데 거기에 더해서 전투 도중 다른 차원으로의 일시적 이동을 물 흐르듯이 한다.

몇 백, 몇 천 년을 숙련한 벨레드와 비슷한 수준으로.

"단탈리안, 도대체 무슨 짓을 한 거냐."

"이게 다야?"

태양의 입가가 호선을 그리며 찢어진다.

흥분. 그리고 즐거움.

쿠궁.

한때 협곡이었던 지형은 충격의 여파로 둥근 크레이터가 되어 있었다.

태양은 지반 대신 허공을 밟았다.

파아아앙!

초월 진각.

기술이 권능의 수준에 다다라도 사용자는 초월에 위에 다다르지 못하는 경우도 있고, 반대의 경우도 있다.

하지만 일반적으로 초월자는 초월과 동시에 자신이 갈고 닦아 온 기술을 '권능화'한다.

하지만 태양은 초월의 과정에서 권능을 얻지 못했다.

원래 소지하고 있던 권능이 있었을 뿐.

그렇지만 권능의 씨앗은 충분히 많이 가지고 있었다.

그가 가진 여러 개의 권능의 씨앗 중 가장 먼저 발아할 기술은 무엇일까.

아티팩트 위대한 기계장치에서 파생된 시간 조종?

푸르카스조차 입맛을 다셨던 역천지공 파천?

운룡이 넘겨준 무공 정의행?

'아니.'

태양이 가장 잘하는 것.

킹 오브 피스트의 개발진이 만들어 낸, 지구에서 가장 효율적인 격투기.

아니.

격투기라고 말하기는 어렵겠다.

동작 하나하나가 모두 권능의 범주에 들어가기는 부족하니까.

하지만 한 가지만큼은 권능이 되기에 충분했다.

스텝.

킹 오브 피스트의 모든 유저가 인정한 엔드 콘텐츠.

초월 진각이다.

인간 신체의 효율성을 극한으로 끌어 올린 이스텝과 파생기만큼은 권능의 영역에 다다르기 충분했다.

초월 진각 – 승룡권(乘龍拳).

공간을 통째로 불태워 올리는 태양의 주먹이 공간을 지져 냈다.

벨레드의 마상창이 태양이 지져 낸 공간을 통째로 날렸다.

콰아앙!

승룡권.

선풍권.

염라각.

세 가지 동작이 스프링처럼 이어져 벨레드를 압박했다.

태양의 주먹이 벨레드의 방패를 강타했다.

창백한 말이 허공으로 솟아올랐다.

인식하는 동시에 까마득하게 멀어진 벨레드의 그림자가 다시 급격하게 커진다.

성락(星落).

세계의 끝(World Edge).

영혼분쇄기(靈魂粉碎機) 막시밀리온.

허공에서 수 개의 권능이 중첩된다.

태양을 기필코 찍어 누르겠다는 필사의 의지가 느껴졌다.

"후우."

숨을 내쉰 태양이 떨어져 내리는 벨레드를 바라보며 손을 뻗었다.

정의행(正義行) 5식 - 오행(五行): 윤태양식(式) 어레인지.

마주 뛰어오른 태양이 손을 내뻗었다.

마치 폭풍에 몸을 맡긴 개미처럼, 태양의 몸뚱이가 흩날렸다.

쿠와아아아앙!

그렇지 않아도 반구 형태의 폐허가 되어 버린 지면에 크레이터가 하나 더 생긴다.

하나, 태양을 죽이지는 못했다.

오행을 통해 밀집한 권능의 타점을 흔든 태양은 정령계로 잠시 피신하는 동시에 시간을 되감았다.

공간의 측면과 시간의 측면에서 '절대로' 타격받지 않는 상황을 구축한 것이다.

벨레드의 얼굴은 딱딱히 굳어지다 못해 시퍼렇게 질렸다.

그의 뇌로는 이해가 불가능했다.

'도대체 어떻게 이런…….'

다시 처음으로 돌아가 보자면, 벨레드의 예상은 옳았다.

태양은 초월한 지 얼마 되지 않았다.

그리고 기술에 대한 이해도도 초심자답게 부족했다.

그렇다.

부족했다.

이해도는 부족했지만, 태양이 쥔 무기가 과하게 좋았다.

그리고 지금, 태양은 벨레드와의 전투로 급격하게 성장하고 있었다.

실전.

초월자끼리의 싸움은 태양에게 더할 나위 없는 양분이다.

초월진각과 정의행이 결합하기 시작했다.

역천지공 파천은 정의행에 녹았다.

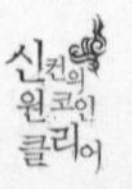

개화 이후 혼탁하게 뒤섞여 있던 태양의 신성이 처음으로 결집했다.

그 결과.

우드득.

행성을 두 조각낸 마상창의 꼭짓점이 부러진다.

퍼어억.

창백한 말은 태양의 주먹에 뇌가 곤죽이 되었다.

영체로 빙의한 천마 호르비우스는 정령화된 태양의 주먹에 타격을 입고 역소환되었다.

콰드드드.

망토, '세계를 뒤덮은 어둠'의 올이 처참하게 풀려 나가고, 전투 개시 이후 처음으로 벨레드의 맨몸이 드러났다.

콰아아앙!

역천의 묘리를 뒤섞은 태양의 주먹질이 벨레드의 마나 실드를 부숴 냈다.

벨레드가 이를 악물었다.

이면(裏面).

동시에 태양이 웃었다.

"두 번은 안 되지."

정의행(正義行) 오의(奧義) – 운명(運命).

세계의 법칙을 뒤틀어 개입하는 태양만의 정의행.

태양의 의지가 다른 세계로 넘어가려는 벨레드의 몸체를 붙잡았다.

벨레드의 눈에 일순 공포가 스친다.

왜인지 벨레드 본인도 알 수 없었다.

그는 초월자였다.

같은 초월자에게 한 대 정도 맞는다고 죽지 않는다.

전투에선 패배했지만, 목숨을 잃을 정도는…….

"푸르카스한테 받은 권능이 하나 있는데, 구경해 볼래?"

터업.

두꺼운 손이 벨레드의 흰 목을 옥죄었다.

벨레드의 시야에 들어온 건, 동공의 구분이 없어진 태양의 새빨간 두 눈.

"커……억……."

도깨비와 같은 몰골의 태양이 입을 열었다.

살(殺).

벨레드가 하늘로 치솟은 후 떨어져 내린다.

성락(星落).

세계의 끝(World Edge).

영혼분쇄기(靈魂粉碎機) 막시밀리온.

수 개의 권능이 중첩된다.

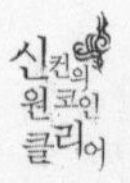

위력은 척 보기에도 위협적이지만, 전투를 본 이들이라면 누구든지 확신할 수 있었다.

"최후의 발악……."

크레이터에서 버섯구름이 퍼져 나왔다.

카인은 두 눈을 똑똑히 뜬 채 폭심지를 바라봤다.

폭심지에서 터져 나온 먼지는 한 치의 시야도 허락하지 않을 만큼 짙었지만, 초인의 반열에 오른 카인의 안력은 그 안을 꿰뚫어 보기에 무리가 없었다.

태양의 팔에 매달린 채 추하게 발버둥치는 벨레드.

무려 마왕이, 플레이어의 손에 죽어 가고 있었다.

"이 남자가…… 인류의 보루이자 희망이자 유일한 구원이다."

이 순간, 카인은 확신했다.

차원 미궁에 남아 있는 플레이어들이 잡을 수 있는 유일한 동아줄이 있다면, 그게 바로 이 남자다.

이 빌어먹을 차원 미궁에서 살아남기 위해서는.

그리하여 고향에 되돌아가기 위해서는, 이 남자를 따라야 했다.

"후우, 없나."

벨레드의 신성을 흡수한 태양이 한숨을 내쉬었다.

초월자가 되면 지구로 돌아갈 수 있을까.

태양은 그럴 수 있을지도 모르겠다고 기대했었다.

동시에 반쯤 체념하기도 했다.

초월자가 되는 것만으로 지구로 돌아갈 수 있다면, 단탈리안이 태양을 초월자로 만들 이유가 없었으니까.

결론부터 말하자면 초월자가 된 태양은 지구로 돌아갈 수 없었다.

그에겐 공간을 넘을 기술이 없었다.

시간을 다루는 기술은 있었지만, 공간 이동에 관련된 기술은 스킬로도 구하지 못했다.

"굳이 따지자면 정령계로 잠깐 몸을 옮기는 것도 공간 이동에 관련된 기술이라고 할 수 있을까?"

긍정적으로 보면 그럴지도 모르긴 했다.

하지만 정령계로 잠시 피신하는 것과 지구로 돌아가는 건 한참이나 동떨어져 있는 개념이었다.

애초에 정령계로의 피신은 태양의 몸에 병합된 아라실이 잠깐 개입하는 기술이기도 했고.

여하간 시간과 공간을 다루는 건 초월의 위치에 있는 존재라도 함부로 할 수 없는 종류의 문제였다.

시간, 공간, 그리고 세계의 법칙에 개입하는 무언가.

이런 종류의 기술은 단순히 때리고 부수는 종류의 일보다 훨씬 고차원적이다.

격이라는 기준을 세웠을 때 최상위에 랭크될 만한 기술.

플레이어들이 봐온 72명의 마왕이 공간을 뛰어넘는 짓을 아무렇지도 않게 한 건 그들이 아주 긴 시간을 향유해 온 존재들이기 때문일 뿐이었다.

태양도 그런 시간이 있다면 지구로 돌아갈 수 있겠지만…….

"당장 마왕들이 마음만 먹으면 지구가 멸망하기 직전인데. 어떻게 기다리냐고."

그렇기에 일차적인 태양의 목표는 탑의 최상층에 도달하는 것이었다.

단탈리안은 최상층에서 마왕들의 전장을 만들어 놓겠다고 말했다.

태양은 그들을 하나둘 갉아먹으면서 지구로 돌아갈 수 있는 권능을 확보할 생각이었다.

방금 태양이 한숨을 쉰 이유도 이것이었다.

안타깝게도, 죽은 벨레드의 심장에는 공간 이동에 관한 권능이 느껴지지 않았기 때문이다.

플레이어가 다른 플레이어를 죽였을 때 그의 업적과 모든 카드를 얻는 게 아니라 일부 카드만 얻듯이.

죽은 마왕은 자신의 권능 일부만을 남긴 채 사라졌다.

소실되는 권능이 많다는 이야기다.

"애초에 차원 미궁의 시스템 자체가 이 마왕 사이의 생리를 본떠서 만들었다는 거겠지."

솔직히 태양은 막막했다.

일반적인 공간 관련 권능은 안 된다.

차원 미궁에서 지구로.

차원에서 차원을 넘어갈 수 있을 정도의 고차원적인 기술이어야 했다.

그리고 지구로 가야 하는 건 태양 혼자뿐이 아니지 않은가.

별림을 비롯한 지구인들도 가야 한다.

척 봐도 어려운 조건에 제한 역시 많다.

마왕 한두 명을 잡는다고 지구로 돌아갈 기반을 마련할 수 있을까.

회의적일 수밖에 없다.

결론은 공간 관련 권능 하나로는 안 된다는 것.

여러 기술을 섭렵하고, 조합해야 그나마 가능성이 보였다.

"하아……."

그러기 위해서는 태양이 다수의 마왕을 죽여야 한다는 뜻이었다.

아니면 포섭해서 거래하든가.

—쉬운 일이 없네…

—아니 근데 윤태양 마왕을 이겨 버리네.

—뒈졌어야 했는데. ㅉ.

—쳐 돌았나.

—생각해 보니까 윤태양이 그냥 마왕 다 잡아 버리면 그게 근본적인 문제 해결 아님?

—뇌 비었니? 마왕을 어떻게 다 잡냐고. 한 명도 아니고.

—아니, 마왕 잡기 전에는 마왕 이길 거라고 생각한 사람 있음? 윤태양이 한다면 하는 거지.

—ㄹㅇ 윤태양 이 새끼 보자보자 하니까 마왕도 때려잡네. ㅋㅋ 나머지도 다 때려잡을지도?

—ㅇㅇ 우리 입장에선 윤태양이 죽고 마왕들 선택 기다리는 것보다야 윤태양이 마왕 다 죽여 버리는 걸 바라는 게 더 좋은 상황이긴 해.

태양이 머리를 쓸어 올렸다.

1층부터 지금까지.

쉬운 적은 없었다.

그리고 태양은 모두 이겨 왔다.

지금이라고, 실패할 이유는 없다.

윤태양은 오크 진영의 위대한 전사 활강하는 매를 죽였다.

그러므로 복수의 대상이다.

하나 피 튀기는 번개는 고민했다.

피 튀기는 번개만 그런 것이 아니었다.

그 어떤 오크 진영의 전사도 먼저 나서서 복수하겠다고 하지 않았다.

아니, 나설 수 없었다.

"……."

"……."

오크 진영에 정적이 감돌았다.

직전 태양과 마왕의 전투를 피부로 겪은 전사라면 누구라도 그것을 느낄 수밖에 없었다.

'덤비는 의미가 없다.'

용기와 만용은 구분되어야 한다.

강자에게 도전하는 건 명예로운 일이지만, 절벽에서 뛰어내리는 건 멍청한 짓이다.

몰아치는 해일을 상대로 문짝 하나를 들고 나서는 것 역시 멍청한 짓이다.

항거할 수 없는 대적.

살아 숨 쉬는 자연재해.

필멸자의 시선에서 보는 초월자의 위상은 그 정도였다.

그래서 태양이 먼저 다가갔다.

오크들의 진영에 작은 소란이 일었다.

"인사나 한번 하려고 들렀는데, 분위기가 영 그러네."

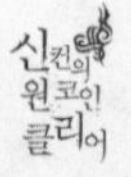

"……."

"하긴. 그동안 서로 치고받은 게 있으니까."

태양이 멋쩍게 뒤통수를 긁었다.

태양도 오크 진영에서 본인을 어떻게 생각하는지 알았다.

36층 이후, 오크 진영과 엘프 진영의 구도를 파악하는 과정을 거쳤기 때문이다.

오크는 위대한 전사를 위인처럼 숭상한다.

그들이 숭상하는 위대한 전사, 활강하는 매를 죽인 게 바로 태양이다.

호의적인 반응이 나오려야 나올 수가 없는 것이다.

태양보다 1m가량은 큰 근육질의 오크, 피 튀기는 번개가 우렁우렁한 목소리로 물었다.

"무슨 용건이냐."

사실 용건을 묻는 일조차 피 튀기는 번개의 입장에서는 어색했다.

만나면 싸우는 게 인간과 오크 사이의 일이었고, 그동안의 역사였기에.

오크와 인간이 대화를 나누는 건 엘프 진영 쪽으로 과도하게 힘을 쏠려 그들을 견제해야 할 때뿐이었다.

"크흠."

태양의 가볍게 헛기침한 태양이 입을 열었다.

"제안을 하나 하러 왔어."

"제안?"

"그래. 너희들이 기대하고 있을 그런 폭력적인 상황이 아니라, 제안."

동시에 태양의 마나가 사위를 잠식했다.

쿠구구구구궁.

벨레드가 펼쳤던 위압.

그에 떨어지지 않는 강렬한 압박감이 사위를 찍어 눌렀다.

태양이 내뿜은 마나는 오크뿐만 아니라 인간 진영의 플레이어들에게도 영향을 끼쳤다.

상대적으로 떨어지는 오크 전사 몇몇.

그리고 위치스 클랜의 마녀 몇몇과 부상당한 아그리파의 기사들의 안색이 시퍼렇게 변했다.

아직 태양이 어떤 존재인지 깨닫지 못한 이들을 위한 퍼포먼스다.

후우우웅.

태양의 주먹에 바람이 휘감겼다.

발언과는 확연히 다른 태도.

피 튀기는 번개는 대답하는 대신 마나를 끌어 올렸다.

동시에, 오크 진영의 모든 전사가 그 뒤를 받혔다.

그에 반응해 카인과 유리 막시모프, 그리고 인간 진영의 플레이어들이 전투태세에 들어갔다.

"윤태양, 네놈이 우리를 찢어 죽일 정도로 강인하고 용맹한 전사라는 사실을 안다. 하지만 오크 전사는 강함에 굴종하지 않는다."

전사의 강인한 의지.

죽음을 택할지언정 바닥을 기지는 않아야 한다고 교육받는 게 오크들이다.

전의를 끌어 올린 오크들 앞에서도 태양의 표정은 담담했다.

"동맹."

단출한 두 글자.

태양의 용건은 그게 끝이었다.

"동맹?"

"오늘 이 자리 이 시간부로. 오크와 인간의 지금부터 대립은 끝이야."

"……."

"말했잖아. 제안하러 왔다고. 힘을 합쳐 최대한 빨리 차원 미궁을 뚫는다."

태양은 피 튀기는 번개가 대답하기 전에 주먹을 들었다.

초월 진각 - 선풍권(旋風拳).

으드득.

턱을 가격당한 피 튀기는 번개가 의식을 잃고 그 자리에 무너져 내렸다.

그 어떤 반응도 하지 못하고.

놀라울 만큼 허무하게.

털썩.

조그맣게 흩날리는 흙먼지.

태양이 그것을 보며 생각했다.

평화.

평화를 유지하기 위해선 한쪽의 압도적인 우위가 필요하다.

아니면 모두를 공멸시킬 정도로 파멸적인 병기가 존재하던가.

지구가 비교적 평화를 잘 유지하고 있는 이유도 역시 그것이다.

미국이라는 압도적 군사 강국이 있고, 핵무기라는 비대칭 병기가 개발되었기 때문에.

그래서 지금 이 순간, 태양은 차원 미궁 안에서 미국과 같은 존재가 되기로 했다.

태양은 피 튀기는 번개를 지나 다른 오크 플레이어들 앞에서서 당당하게 선언했다.

"죽이지는 않았어."

"……."

당장에라도 달려 나올 것 같던 기세가 흔들린다.

포기하진 않았지만, 명백한 동요가 느껴졌다.

"너희들이 알고 있는지는 모르겠는데, 인간 진영의 플레이어는 크게 세 종류로 나뉘어. 창천 출신, 에덴 출신, 그리고 지구 출신."

갑작스러운 이야기.
대답하는 이는 없었다.
태양은 상관없다는 듯 말을 이었다.
"그리고 나는 지구 출신 플레이어야."
"……."
"창천 출신의 플레이어랑 에덴 출신의 플레이어가 어떤지는 몰라. 너희들도 모르겠어. 경우에 따라서는 '본인의 의사로' 차원 미궁에 들어온 이들이 있다고 하더라고."
더 강한 힘을 위해.
무공의 끝을 보기 위해.
사회적인 죽음을 당했지만 목숨은 붙어 있어서, 어떤 반전을 만들어 보고 싶어서.
범죄를 저지르고 도망쳐서.
세계의 기원을 알기 위해.
혹은 아무도 가르쳐 주지 않는 지식을 얻기 위해.
에덴과 창천의 상황은 지구와는 달랐다.
"그런데 난 아니야."
태양.
그리고 지구 출신의 플레이어들은 달랐다.
"우리, 그러니까 지구 출신 플레이어들은 자의로 차원 미궁에 들어오지 않았어. 우린 납치당했다고."
차원 미궁에 갇힌 3억의 인류는, '이름 같은 놈'이라는 명칭으로 불렸다.

그들은 이 세계에 진지하지 않았으므로 멸시당했다.

인류는 짜증내면서도 그 멸시를 당연하게 받아들였다.

플레이어들에게는 현실이었지만, 인류에게는 그저 게임에 불과했으니까.

만약 이 세계가 마왕이 만들어 낸 감옥이라는 사실을 알았어도 접속했을까?

아니다.

지구는 에덴, 창천에 비할 바 없이 풍족하고, 평화로운 세계였다.

평화에 '찌들었다'고 표현하는 게 더 올바를 정도의 세계였다.

"너희 중에 차원 미궁이 마음에 드는 녀석이 있을지도 몰라. 여기에 더 오래 있고 싶은 녀석이 있을지도 모르지."

충분히 있을 수 있는 이야기다.

지구인 3억.

다른 세계의 플레이어도 그에 비할 정도로 많다.

이미 차원 미궁 안에는 하나의 사회가 형성되어 있다는 이야기였다.

곧 마왕들의 먹이가 되겠지만, 여하간 지금만큼은.

"난 아니야."

태양은, 돌아가고 싶었다.

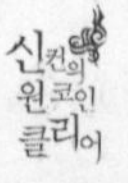

"난 돌아가야겠어. 나랑, 내 가족이 다시 지구로 돌아가는 거. 이게 내 전부야."

우드득.

신경질적으로 꺾은 목에서 뼛소리가 울렸다.

"오크. 너희들의 문화는 우리와 다르겠지. 애초에 소환도 부족 단위로 왔다고 들었어. 똑같을 거라고는 생각 안 해. 그런데 말이야. 난 확신해. 그냥 목숨만 붙어 있으면 상관없어?"

"……."

"차원 미궁 안에서 마왕들에게 사육당하는 삶이…… 나쁘지 않다고 생각해? 놈들이 재미를 보고 싶으면 플레이어끼리 싸움을 붙이고, 괴수를 풀어서 잡아먹고, 우리는 울부짖고. 위에서는 그걸 낄낄거리면서 지켜보고. 이게 맞다고 생각하냐고."

대답은 없었다.

태양은 속으로 안도했다.

그래.

이게 마음에 들면…… 그건 미친놈이지.

"여기까지 했으면 알아들었겠지."

태양이 오크 진영을 포섭하는 이유는 시간 때문이었다.

1분 1초가 아쉬운 상황이다.

아무리 태양이 강하다지만 결국은 몸뚱이 하나.

대부분의 일은 태양이 해결할 수 있다고 쳐도 그렇지 않을 경우의 희박한 상황이 있을 수 있었다.

예를 들면, 스테이지 클리어 조건에 엘프와 오크, 인간이 모두 필요하다던가하는 상황.

실제로 있었던 사례다.

태양의 힘은 초월자에 가깝지만 차원 미궁의 권한은 쥐고 있지 못했다.

"선택권은 없어. 결정해. 나랑 가거나, 아니면 죽거나."

반대로 오크 진영이 인간의 대항 세력으로 남아 버리면, 밑에서 올라올 인간 진영 플레이어들을 방해하는 요소가 되어 버린다.

그렇기에, 선택의 여지는 없었다.

대장이 없어 우물쭈물하던 오크들.

그때, 태양의 등 뒤에서 우렁우렁한 목소리가 흘러나왔다.

"한 가지 묻지."

피 튀기는 번개가 일어섰다.

"나머지 71명의 마왕. 너를 따라가면 죽일 수 있는 거냐?"

태양이 픽 웃었다.

"약하게 때리진 않았는데."

"그래. 강하더군."

피 튀기는 번개가 클클 웃었다.

"다시 묻지. 죽일 수 있는 거냐?"

"가능하다면."

만나면 싸울 것인가.

태양의 대답은 당연히 긍정이었다.

'마왕을 잡아야 권능이 떨어지는 거니까.'

피 튀기는 번개가 웃었다.

차원 미궁에 도전한 이유가 무엇인가.

진정한 전사임을 증명하기 위해서였다.

마왕 대적.

초월자 사냥.

진정한 전사임을 증명하기에 참으로 걸맞은 목표가 아닌가.

"그렇다면, 나는 따르지."

태양이 고개를 끄덕였다

오크들 역시 인간과 별반 다르지 않았다.

목표의 기원이 어디에 있든, 결국 궁극적인 목표는 차원 미궁의 등반이다.

그래서 태양은 그 목표가 사실 거짓된 것이라는 사실은 이야기할 수 없었다.

결과적으로 기만이 되어서 미안하지만…….

'나도 너희를 생각해 줄 여유는 없어.'

미안함은 감정으로 가지고만 있는 채 마음 한편에 묻어 두기로.

"그래. 너희 대장은 동의했는데, 너희들은 어때?"

그 시작은 활강하는 매의 부족, 푸른 하늘 일족이었다.

"……푸른 하늘 일족은 동의한다."

"족장!"
"틀린 말은 아니잖나."
"그래도 인간을 어떻게 믿을 수……."
"인간, 동시에 활강하는 매를 꺾은 대전사다."
피 튀기는 번개의 붉은 모루 일족.
그리고 활강하는 매의 푸른 하늘 일족.
오크 진영에서 가장 강력한 두 세력이 동의를 시작으로 오크들이 선서를 시작했다.
"우리 번개 전갈 일족은 아낌없는 지원을……."
"꼬리 없는 여우 일족도 전사 윤태양에게 힘을 더하겠다!"
"회색 늑대들 역시!"
…….
다행이다.
안 따라와 줬으면 일이 복잡해질 뻔했는데.
태양이 남몰래 안도의 한숨을 내쉬는 사이 피 튀기는 번개가 다가와서 물었다.
"엘프는 어떻게 할 생각이냐?"
"뭘 어떻게 해. 그쪽에서도 붙겠지."
"정령은 다르다. 그들은 우리처럼 '다 걸고' 차원 미궁에 들어와 있는 게 아니야. 최악의 경우에도 엘프들만 버려 놓고 제 살길을 찾을 수 있다."
"아, 알지."

정령들은 잃을 게 없다.

하지만 이제부터는 얻을 것도 없을 거다.

"정령왕 네 명 중 둘이 이미 빠졌잖아. 불은 아예 내가 잡았고. 만약 싸울 거라면…… 질 리는 없어."

실제로 성적도 나왔다.

살아남은 몇몇의 강철 늑대 용병단이 말하기를 가지고 놀 정도의 수준이라고 했었으니까.

"큼. 더 일찍 왔어야 됐는데, 미안하네."

"뭐?"

"아니. 잠깐 다른 이야기."

여하간.

정령이 없는 엘프 진영은 조금 아쉽긴 하겠지만, 그들만으로도 충분했다.

정령이 맡을 최고위 전력은 태양이 감당할 수 있을 테니까.

즉, 엘프 진영이 할 선택도 한 가지뿐이라는 이야기였다.

"후우."

일을 끝마친 태양이 가볍게 한숨을 내쉬었다.

'어떻게든 해냈나.'

세 진영의 통합.

원래라면 불가능했을 업적이다.

이렇게 잠시 뭉치더라도 마왕이 개입해 찢어 놓고 경쟁을 유도했을 테니까.

하지만 지금.

마왕의 개입은 없고. 가파른 성장에도 더 이상의 난이도 소절 역시 없다.

여기까지가 단탈리안이 그린 그림이었다.

쿠구구구궁.

커다란 붕괴음이 흘러들어왔다.

당장 스테이지에 있는 다른 플레이어들은 느끼지 못한 듯했다.

그들은 인식하지 못하는 저 멀리.

최상층에서 일어나고 있는 전투.

태양이 하늘을 바라봤다.

세계인 동시에 탑.

그래서 분명 태양의 눈에 비치는 별은 진짜지만, 동시에 가짜다.

"이제부터 '진짜' 빨리 올라갈 거야."

이제까지와는 차원이 다른 속도로.

충분히 가능했다.

태양이라는 밸런스를 붕괴할 정도의 강력한 전력이 나타났고, 스테이지를 수정할 마왕은 없다.

위에서 단탈리안이 일으킨 소란에 휩싸여 있을 테니까.

그리고 태양은 단순히 스테이지를 수정하는 게 아니라 마왕 본인이 내려와서 막지 않으면 막을 수 없을 정도로 강해져 버렸다.

즉, 차원 미궁은 고속도로다.

"최대한 빨리 올라가서, 잡아먹는다."

따라 잡기

통합 쉼터, 여관.

살로몬이 담배를 베어 물었다.

쓰읍—.

하아.

가문의 비술, 스모크 매직(Smoke Magic)을 배우기 위해 억지로 피웠던 담배.

정신을 차리고 보니 담배는 어느새 살로몬의 인생에 가장 큰 낙이 되어 있었다.

'알다가도 모를 일이야.'

담배를 아직 배우지 않았던 어린 시절, 살로몬은 아버지에게서 나는 담배 찌든 내를 참을 수가 없어 몇 번이나 헛구역질

하곤 했다.
솔직히 모르겠다.
담배 찌든 냄새가 싫었던 건지.
찌든 내를 풍기는 아버지의 오만가지 질책이 싫었던 건지.
'뭐, 굳이 따지자면 둘 다 싫었지.'
그리고 지금.
살로몬 아크랩터의 아버지 벤자민 아크랩터는 세상에 없다.
그러므로 그의 입에서 튀어나오는 질책도 없다.
또한 살로몬이 극도로 싫어하던 담배 찌든 내 역시 마찬가지였다.
아버지를 위해서, 가문을 위해서, 마법을 위해서, 전투를 위해서, 살로몬 본인의 정신 건강을 위해서.
여러 가지 이유를 갖다 붙이며 연초에 불을 붙여 댄 끝에 살로몬의 코는 이제 담배 찌든 내를 맡지 못할 정도로 마비되어 버렸다.
살로몬 아크랩터가 세상에서 가장 싫어하던 두 가지가 그의 세상에서 정말로 사라진 것이다.
후우-.
살로몬의 날숨에 뻗어 나온 몽글몽글한 담배 연기가 시야를 가렸다.
"사라진 게 맞나?"
벤자민 아크랩터의 질책은 살로몬 아크랩터의 피와 살과 마

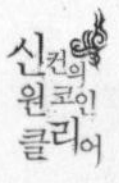

법이 되어 잠들어 있었다.

아마 살로몬 아크랩터의 몸에서도 아버지에게서 나던 담배 찌든 내가 고스란히 배어 있을 터였다.

"쓸데없는 생각."

쓰읍—.

살로몬은 다시금 폐 깊숙이 담배 연기를 빨아 마시며 창가로 시선을 가져갔다.

A등급의 여관은 쉼터 정 중앙에 위치하고 꽤나 고층이어서 창가 바깥을 내려다보면 통합 쉼터의 전경에 한눈에 들어왔다.

쉼터와 게이트를 중심으로 개미처럼 소란스럽게 움직이는 플레이어들.

이들이 이렇게 열심히 움직이는 이유는 지금이 차원 미궁 설립 이래 최고의 격변기이기 때문이다.

그것도 인간 진영 플레이어들에게 유리한 쪽으로.

살로몬이 퍽 자조적인 표정으로 그들을 내려다보며 생각했다.

'물론, 위대하신 윤태양 플레이어님 덕분이지.'

윤태양 덕분에 오크와 인간 진영이 각 진영 최고 주술사와 마법사의 계약 아래 일시적이지만 '완전무결한' 동맹을 맺었으니까.

한 대의 주먹질로 오크와의 동맹을 체결해 낸 사건은 인간 진영 플레이어들 사이에서 일권협약(一拳協約)이라고 불리고 있었다.

태양은 협약 체결 이후 당장이라도 올라갈 것 같은 기색이었지만, 그 바람이 현실로 이루어지지는 않았다.

엘프 진영을 갈무리할 필요가 있었기 때문이다.

정정당당하게 붙으면 엘프 진영이 위협적이지 않은 건 맞지만, 뒤통수를 맞게 되면 이야기는 또 다른 법이니까.

동맹이 단단해지려면 신뢰가 든든해야 하는 법이고, 신뢰가 든든해지려면 뒤통수가 간지러우면 안 된다.

물론 그래 봐야 지체되는 시간은 사흘 안쪽이겠지만.

"후우."

연속으로 세 개비의 연초를 태운 살로몬은 급기야 시가를 빼 물었다.

거기에 더해, 힘껏 빨았다.

파스스스.

독한 연기가 방 안을 가득 메우고, 시가에서 뿜어져 나오는 뜨거운 연기가 살로몬의 입술과 혀를 데일 듯이 덮었다.

일반적인 연초와는 비교할 수도 없는 다량의 니코틴이 살로몬의 시야를 흔들었다.

"젠장."

생각.

생각을 해야 했다.

상념이 아니라 생각을.

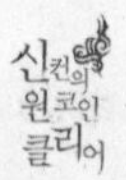

살로몬은 소파에 앉아 생각을 이었다.

동생 체결을 마친 태양은 파티원, 그러니까 메시아와 란, 살로몬을 불러들였다.

그리고 선언했다.

"너희는 안 올라와도 돼."

태양은 다른 이들에게는 몰라도 동료들에게까지 진실을 숨기는 건 할 수 없다는 이유로 그들에게 모든 것을 말했다.

차원 미궁이 어떻게 만들어졌는지.

마왕의 목표가 무엇이었는지.

미궁의 끝에 기다리는 게 뭔지.

그리고 단정했다.

"……그러니까 미궁을 오르는 의미 없다는 이야기야. 꼭대기에 우리가 원하는 그 어떤 것도 남아 있지 않다는 거지."

태양 일행이 올라오나 올라오지 않으나 형세는 같다.

이제 플레이어 진영에 '고급 전력'은 없기 때문이다.

고급 전력은 태양이고, 나머지는 고기 방패, 척후병, 후방 지원 정도의 의미만 가질 뿐이다.

이러나저러나 병졸 하나의 가치라면, 태양은 소중한 동료를 소모하고 싶지 않았다.

목숨을 걸고 차원 미궁을 올라야 할 이유는 없다고 생각했다.

그렇기에, 일행에게 미궁을 올라가지 않는 '예외'가 되라고 단언했다.

"다시 생각해도 어이가 없군."

물론 당시의 살로몬도 지금과 별반 다른 생각을 하고 있지 않았다.

반발했다는 이야기다.

하지만 태양이 물었다.

"그럼 네가 뭘 할 수 있는데?"

살로몬에게 말했지만, 나머지 둘에게도 같이 전하는 메시지였다.

살로몬과 란, 메시아는 그 물음 앞에서 꿀 먹은 벙어리가 될 수밖에 없었다.

'뭘 할 수 있지.'

당연한 이야기지만, 살로몬도, 란도, 메시아도.

이 상황을 받아들일 수 없었다.

자존심의 문제가 아니었다.

자신의 미래를 아무리 가까운 동료라고는 하나 동료에게 가만히 넘겨 두고 아무것도 하지 않을 수는 없다.

그건 패배자들이나 하는 짓거리다.

살로몬이 그런 수동적인 인간 유형이었다면 애초에 Endress Express 스테이지 바깥으로 나오지도 않았을 거다.

"후우우."

다시 한번, 메케한 연기가 사위를 잠식했다.

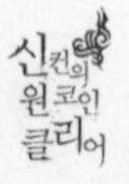

살로몬이 선택할 수 있는 건 무엇인가.
만약 태양과 같이 미궁을 오르려면.
그 행위가 무의미해지지 않으려면.
무력하게 앉아서 기다리지 않으려면.
살로몬은 그 고민을 해 오고 있었다.
얼마나 시간이 지났을까.
똑똑똑.
문 너머로 노크 소리가 흘러들어왔다.
소파 옆에는 절반만 남은 시가가 세 개비나 굴러다니고 있었다.
"들어와."
덜컥.
란이었다.
그녀는 들어오자마자 기침을 해대며 창문을 열었다.
"쿨럭. 야! 너 그러다 폐 썩어서 죽는다?"
"아, 생각을 좀 하느라."
"생각이고 자시고.."
반쯤 눈이 풀린 살로몬은 네 번째 시가를 문 채 뭉그러진 발음으로 물었다.
"방법은……? 생각했나?"
태양을 따라 미궁을 오를 방법. 혹은 명분.
부채를 내저어 독한 연기를 단숨에 창밖으로 빼낸 란이 콧

등을 찡그리며 대답했다.

"한 가지."

"아아."

"너는?"

"나도 한 가지 정도는 생각했다. 그런데 메시아는?"

"아직……."

살로몬이 고개를 끄덕였다.

살로몬과 란은 약간의 정적을 가지고, 동시에 입을 열었다.

"우리도, 초월자가 되어야 해."

초월자가 되어서 유의미한 전력이 되면 고민은 해결이다.

미궁을 올라가는 과정에서 도움이 될 터이고, 미궁을 올라가는 과정에서 찾으려고 했던 답도, 초월자가 되면 능동적으로 찾아낼 수 있을 거다.

풍술의 끝.

그리고 Endress Express 스테이지가 온전한 차원이 되는 것.

의견이 모였다.

"문제는 그거야. 어떻게 초월자가 될 것인가."

"그래. 그게 진짜 문제지."

살로몬이 눈가를 비볐다.

답안을 생각해 내는 건 어렵지 않았다.

문제는 정답으로 가는 길이다.

먼저 의견을 낸 건 란이었다.

"가장 간단한 방법은 업적을 모으는 거지."

업적.

이건 태양이 보증한 방법이다.

태양은 애초에 업적 시스템 자체가 신성이 제 힘을 불리는 원리랑 그 결을 같이 한다고 말했다.

이는 다른 말로 하면.

"그래. 업적을 아주, 엄청, 어마어마하게 많이 모으면 스스로 신성을 만들 수 있을지도 모른다는 이야기지."

"어째 표정을 보니 회의적인데?"

"하지만 단탈리안은 마왕들이 새로운 초월자의 등장을 경계한다고 했었잖아. 그것도 엄청 심하게."

초월자의 등장을 싫어하는 존재가 마왕이다.

상식적으로 그런 이들이 초월자로 가는 방법을 만들어 놓았을까?

살로몬은 그렇게 생각하지 않았다.

"구조적으로 업적으로 신성이 얻는 방법은 막혀 있을 가능성이 크다고 본다. 나는."

"확실히. 희망적으로 보더라도…… 아예 업적 자체가 너무 효율이 나빠서 불가능에 가까운 수준일 가능성이 크겠네."

란이 고개를 끄덕였다.

객관적인 증거를 눈으로 확인할 수는 없었지만, 그들의 예상은 정확했다.

실제로 태양의 신성이 개화하는 과정에서도 업적은 각종 스킬과 아티팩트, 권능들 사이에서 가장 적은 영향력을 발휘했다.

역대 플레이어 중 가장 많은 업적을 모은 태양도 그랬다.

탑을 끝까지 오르더라도 업적으로 신성을 만드는 일은 불가능했다.

"살로몬, 생각해 둔 다른 대안은 없어?"

"권능은 어때?"

권능 후원받기.

다른 말로 하면 레전드 등급의 카드 얻기.

이번에는 란이 고개를 내저었다.

"아니, 권능 역시 답은 아니야."

이제까지 레전드 등급 카드를 얻은 플레이어는 없었지만, 권능을 얻어 낸 사람들은 많았다.

그중 초월자가 된 사람은?

당연히 없었다.

애초에 이 역시 마왕이 플레이어에게 지급하는 형식 아니던가.

원론적으로 업적을 통해 신성을 얻는다는 발상과 다를 것이 없었다.

소파에 마주 앉은 란과 살로몬.

둘은 다시 한참이나 고민했다.

살로몬은 다시 시가를 물었고, 란은 부채를 흔들었다.

그렇게 한참의 정적이 흐르고.

살로몬과 란이 동시에 입을 열었다.

살로몬이 내놓은 답.

"신성."

란이 내놓은 답.

"유물."

그리고 란이 먼저 고개를 끄덕였다.

"아, 신성 쪽이 빠르겠네."

"그런데 유물은 무슨 뜻이지? 유물로 초월의 가능성을 볼 수 있다고?"

물론 살로몬도 생각해 보았던 방법이다.

유물의 다른 이름.

초월 병기.

이를 이용하면 초월하는 것도 가능하지 않을까.

실제로 나이트 홀스를 사용한 태양은 개화의 감을 잡았고, 애프터 아포칼립스를 사용함으로써 초월을 이루기도 했다.

"하지만 그건 태양이 신성을 가지고 있었기 때문에 가능했던 일이잖아."

"초점을 다르게 잡아서. 요점은 초월 병기는 초월을 경험하게 해 주는 방법이라는 거지. 거기에서부터 시작해 보는 거야. 흠, 물론 신성을 얻는 게 더 빠른 방법이라는 건 나도 인정해."

란이 제시한 방법과 살로몬이 제시한 방법은 둘 다 장단점이 있었다.

유물을 얻는 건 실질적인 가능성이 있는 대신 초월로의 접근 가능성이 희박했다.

반대로 신성을 얻는 건 초월로 접근할 가장 확실한 방법인 대신 얻을 방법이 막막했다.

"흐으음……."

막막한 이야기에 다시금 말문이 막혔다.

그때, 다시 한번 문에서 노크 소리가 들려왔다.

"누구?"

"메시아?"

공기의 진동을 통해 사람을 파악한 란이 먼저 자리에서 일어났다.

덜컥.

창백한 피부에 어딘가 미쳐 보이는 눈을 한 백발의 남자.

메시아였다.

"늦었네."

란이 작게 미소 지었다.

메시아가 마주 웃으며 고개를 꺾었다.

"그게 말이지."

메시아가 말을 흐리며 몸을 한 걸음 옮겼다.

그리고 란과 살로몬이 동시에 자리에서 일어났다.

-오래간만에 보는군요. 둘 다.

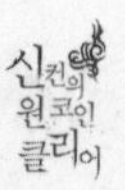

메시아의 등 뒤로 나타난 건 깡마른 여성이었다.

윤기를 잃은 붉은 머리칼이 푸석푸석한 질감으로 거의 해골에 가까운 신체를 감싸는데, 툭 튀어나온 광대마저도 아름다움의 범주다.

반투명한 모습의 여인이 힘없이 웃었다.

—음. 제가 설명할 필요 없겠어요. 이미 그 이야기를 하고 있던 참이었으니까. 그렇죠?

"그레모리?"

"당신이 왜 여기에……."

신탁의 형태로 내려온 제56계위 마왕. 진실의 그레모리였다.

그레모리의 용건은 간단했다.

—이제부터 벌어질 차원 미궁의 일들에 대응하려면 초월자. 혹은 그 가능성이라도 가지고 있어야 해요. 그래서, 그걸 제가 도와주러 왔어요.

"무슨 말이야?"

—신성. 신성 문제를 제가 해결해 드릴 수 있다는 말이에요.

후욱—.

시가 연기를 내뱉은 살로몬이 물었다.

"당신이 왜?"

그레모리가 씁쓸한 미소를 지었다.

—제가 해 줄 수 있는 게 이런 것뿐이라서 미안하게 생각하고 있어요.

"말 빙빙 돌리지 말고. 알아듣게 설명을 해 주세요."

란의 똑 부러지는 말에 그레모리가 고개를 끄덕였다.

—태양은 진실에 닿았죠. 하지만 혼자는…… 힘들어요.

"혼자는 힘들다?"

—단탈리안은 저까지 다섯 명의 마왕을 규합해서 일을 벌였어요. 마왕의 수는 일흔둘. 태양까지 합하면 일흔셋. 그 중 여섯. 저는 전투에 포함하지 않으니, 다섯. 67대 5의 싸움이에요. 힘들지 않으면 이상하죠.

살로몬이 미간을 찌푸렸다.

"단탈리안이 그런 무모한 시도를 했다고? 내가 알던 이미지랑 다른데?"

—물론 그의 기지는 마왕 중에서도 손에 꼽을 정도이니 승리 플랜은 있겠죠.

승리 플랜은 있을 것이다.

문제는 다른 곳에 있었다.

과연 그것이 태양의 승리 플랜인가?

당연히 아니다.

—그 승리 플랜은 단탈리안의 승리를 위한 플랜이에요. 플레이어 윤태양은 그 안에서 장기짝으로 놀아나겠죠.

단탈리안이 규합한 다섯 명의 마왕은 각자 이유가 있었다.

결투의 제파르는 전투를 원했고, 안드라스는 더 많은 권력을 원했다.

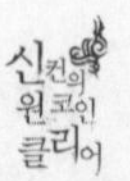

그레모리는 억지로 차원 미궁에 편입 당한 생명체들의 해방을 원했다.

—솔직히 말씀드려서 저는 단탈리안의 계획을 아주 단편적으로밖에 몰라요. 직접 전투를 수행하는 것도 아니니까. 하지만 저는 그를 아주 오랫동안 봐 왔고, 어떤 성정인지 알죠.

란은 그레모리가 하고 싶은 말을 어느 정도 유추할 수 있었다.

“단탈리안은 태양을 소모품으로 생각하고 있을 가능성이 크다는 이야기인가요?”

—소모품보다는 결정적으로 판을 뒤엎을 무언가겠죠. 사실 이미 굉장히 중요한 일을 수행했어요. 도서관 전지를 부수고 마왕 간의 위계를 시스템적으로 분리해 차원 미궁 안을 전장으로 만드는 데 성공했으니까.

단탈리안은 치밀하고 효율적으로 일을 처리하는 마왕이었다.

다른 말로 하면, 가지고 있는 자원의 뼛골까지 뽑아먹을 줄 아는 마왕이라는 뜻이다.

—분명히 어떻게든 플레이어 윤태양을 더 이용할 거예요. 그리고 그 과정은 플레이어 윤태양을 한계까지 몰아붙일 테고요.

낙관적으로 생각하면 단탈리안이 모든 상황에서 승리하고 태양 역시 악전고투 끝에 행복한 결말을 맞이할지도 모른다.

란이 고개를 저었다.

'아니지.'

애초에 태양을 차원 미궁으로 이끈 존재가 바로 단탈리안이다.

지금 당장은 협력하고 있지만, 이 모든 일이 끝난 다음에 태양이 이를 드러낼 대상은 단탈리안이다.

단탈리안의 입장에서 생각해보면 태양 역시 언젠가는 처리해야 할 대상이라는 이야기다.

-그 순간, 당신들이 도와야 해요. 단탈리안도 모르는 초월자가 되어서.

살로몬이 머리를 쓸어 넘겼다.

"젠장. 말은 고마운데…… 결국 당신도 단탈리안의 편이잖아요."

-말했잖아요. 단탈리안이 규합하긴 했지만, 마왕들은 각자의 목표가 있다고. 저는 단탈리안의 목표가 달성되는 것보다 플레이어들이 어떻게든 살아남는 게 더 중요해요.

"왜……."

"란. 그만하면 됐어."

란이 살로몬을 바라봤다.

"돕겠다는데 싫다고 버티는 것도 의미 없는 짓이잖아."

그것도 당장 방법이 없어서 골머리를 앓던 와중이다.

고작 못 믿겠다는 이유로 그 문제를 해결해 주겠다고 한 사람을 내치는 건 멍청한 짓이다.

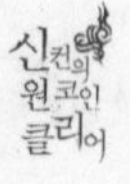

'독이 든 성배일지라도, 마시고 승부를 보는 게 더 나은 방법이야. 적어도 지금은.'

그들을 지켜보던 메시아가 중얼거렸다.

"결정했으면 바로 하지. 신탁은 오래 유지할 수 없어."

-사실 그래요.

란이 물었다.

"그래서, 어떻게 신성 문제를 해결해 주시겠다는 거예요?"

-간단해요. 단탈리안이 태양에게 했던 방법이에요.

"당신의 신성을 쪼개서 주겠다고요?"

-네. 그런데…… 사실 문제가 있어요.

그레모리가 이마를 긁적였다.

-신성을 쪼개 나눠 주는 거…… 저는 2개밖에 못해요.

"엥?"

애초에 단탈리안의 행적에 마왕들이 경악했던 이유가 무엇이던가.

신성을 쪼개 준다는 행위 자체가 굉장히 힘들고 위험한 짓이었다.

미친 짓을 많이 하기로 유명한 단탈리안 역시 오랜 계획 속에서 심사와 숙고를 반복하고 단 한 번만 시도했을 정도이니.

메시아가 작게 한숨을 내쉬었다.

"고민을 좀 했는데…… 만약 포기해야 한다면 내가 포기하는 게 맞는 것 같아. 나보다는 너희 둘이 더 나은 그릇이니."

그레모리가 온 후 처음으로 침묵이 감돌았다.

메시아가 이렇게 나서 준 게 굉장히 고마운 일이기도 했다.

그리고.

란이 입을 열었다.

"내가 포기할 게."

"대안이 없으면 내가 포기하겠다. 단순히 미안해서 그런 거라면……."

"아니. 난 다른 방법을 더 찾아보겠어."

"초월 병기 말인가."

살로몬이 물었다.

"응. 솔직히 초월 병기와 정령을 이용하면…… 신성으로 가는 길. 찾을 수 있을 것도 같거든."

바람의 정령. 그리고 풍술.

란은 차원 미궁에 들어오기 전부터 이미 펼치지 못하는 풍술이 없었다.

거기에 차원 미궁에서 전투를 거듭하며 얻은 깨달음들.

전투에 적합하게 풍술을 개량하는 과정들.

그리고 결정적으로 최근 바람의 정령왕과의 결전.

이와 같은 요소들은 정점에 도달했던 란의 풍술의 경지를 한 단계 끌어 올렸다.

아직 닿지는 못했지만, 란은 무언가 느끼고 있었다.

'아직 느끼기만 한, 이론뿐인 깨달음이지만.'

태양이 아라실을 통해 도와준다면 가능성이 보였다.

아는 만큼 보인다고 했던가.

과거 이런 깨달음을 얻었다면 다음 경지이겠구나 싶었겠지만, 란은 이 과정이 기술이 권능화 되는 수순임을 직감했다.

"풍술이 권능화하는 과정을 어떻게 잘 엮으면 되지 않을까 싶은 거지."

-확실히 가능성이 있는 말씀이시기는 하네요. 초월자의 탄생은 대부분 권능의 탄생과 맞물려 이루어지거든요.

그레모리가 고개를 끄덕였다.

쉽진 않지만, 적어도 란에게는 가능성이 있다.

일말의 여지가 있다면 시도라도 할 수 있는 란이 포기하는 게 옳다.

"그럼, 우리가 받는 건가?"

"……그러지."

살로몬과 메시아의 결정.

그레모리가 웃었다.

-진실에 다다른 당신들. 부디 차가운 현실을 견뎌 내길.

콰르르르르르르.

차원 미궁 천장에서 격렬한 파괴음이 터져 나왔다.

플레이어들에게는 불가침 지역이라고 할 수 있는 통합 쉼터 역시 우르르 떨렸다.

위층의 변고는 이제 태양이 아니라 다른 플레이어들도 확실히 인지할 수 있는 정도가 되었다.

'젠장. 한시가 급한데.'

사실 급하다고 몰아붙이기에는 플레이어들은 쉴 새 없이 움직여 주고 있었다.

당장 내일 정령왕들과 협약을 맺으면 일도 끝.

모레부터는 올라갈 수 있다는 이야기다.

하지만 저도 모르게 급해지는 마음은 어쩔 수가 없었다.

그리고 이런 와중.

태양의 골머리를 썩이는 또 다른 문제가 있었다.

"나도 올라갈 거야!"

별림.

"란 언니랑 메시아랑 살로몬은 올라간다며!"

"뭔 소리야. 걔네도 올라가지 말라고 했는데 지들끼리 억지로……."

"그럼 나도 억지로 가면 되잖아!"

"너는 이야기가 다르지!"

빼액 소리를 지르는 별림과 마주 소리를 지르는 태양.

전형적인 남매의 모습이었고, 결과 역시 전형적이었다.

"내가 알아서 한다고. 신경 쓰지 마!"

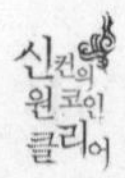

별림은 스킬까지 써 가며 도망쳤다.

그 모습을 보며 태양이 한숨을 내쉬었다.

"아, 나 진짜. 안 그래도 할 거 많은데."

잡으라면 잡을 수는 있다.

하지만 그 다음이 문제다.

어디 가둬둘 수 있는 것도 아니고, 따라오는 걸 막을 수가 없었다.

빌어먹을 차원 미궁은 다음 스테이지로 향할 의사가 있는 플레이어에게 너무 친절한 환경이다.

"문제가 많아 보이는군."

태양이 뒤를 돌아봤다.

후드 사이로 어지러이 흘러나온 백발에 어딘가 미쳐 보이는 눈동자.

메시아였다.

메시아를 본 태양의 눈이 이채를 띄었다.

"너……."

"눈치챘나?"

"못 챌 수가 없지. 어떻게 된 일이야? 신성…… 신성 맞지? 내가 느낀 거 맞지? 너희가 직접 얻었을 리는 없는데. 아니, 스킬을 권능화시키는 방법을 알아낸 거야? 아니면 갑자기 다른 마왕이 나타나서 쪼개 주기라도 한 건가?"

"뭐, 그거야 차차 이야기해 줄 수 있는 부분이고."

메시아의 손가락이 별림이 향한 방향을 가리켰다.

"내가 도와줄 수 있을 것 같은데. 관심 있나?"

태양이 저도 모르게 한숨을 내쉬었다.

듣는 사람도 심정을 짐작할 수 있을 만큼 깊은 한숨이었다.

"네가 도와줄 수 있어?"

"못할 것도 없지."

"그럼…… 부탁할게."

메시아가 고개를 끄덕였다.

굳이 따지자면 메시아 역시 바빴다.

그레모리가 쪼개 준 신성을 어떻게 활용해야 할지 생각하는 것만으로도 시간은 부족했으니까.

하지만 태양은 더 바빠야 했다.

전력의 중요도를 따져 보았을 때 메시아가 1이라면 태양은 100. 아니, 그 이상이다.

메시아는 그렇게 생각했다.

태양이 본인의 일에 집중하게 만드는 게 현시점에선 가장 중요한 것이다.

"고맙다."

메시아가 나서 준 덕에 고민거리 하나를 던 태양은 다시 이마를 싸맸다.

생각해야 할 것이 많았다.

그중에서 별림이 다음으로 중요한 것…….

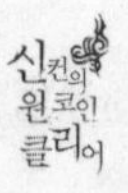

"내 신체가 없어졌다고 했지?"
태양이 제 손을 내려다보았다.
별로 다른 게 느껴지지는 않았다.
원래부터 100퍼센트의 싱크로율로 접속해 있던 태양이다.
"초월하는 과정에서 병합된 건가."
―아마도 그런 거 같아.
신성이 개화하여 초월의 경지에 든 날 저녁까지도 태양의 신체는 캡슐에 안치되어 있었다.
현혜가 두 눈으로 똑똑히 확인한 사실이었다.
그리고 지금.
정부 측에서 1천 명 단위의 인력을 통해 주변을 샅샅이 뒤졌음에도 태양의 신체는 발견되지 않았다.
애초에 접속을 끊지 않고 신체를 캡슐 바깥으로 빼내면 해당 플레이어는 사망했어야 했다.
"초월하는 과정에서 내 원래 신체가 이쪽으로 넘어온 거라면 말이지."
만약 그렇다면, 아쉽다.
그리고 태양이 이 과정을 되짚어 보는 이유이기도 했따.
이 역시 어떻게 보면 차원 이동이다.
지구에서 차원 미궁으로 넘어왔다는 뜻.
하지만 태양은 아무것도 느끼지 못했다.
초월의 과정을 되짚어서 무언가 성과를 낸다면 굳이 마왕을 상대할 필요가 없을지도 몰랐다.

"내가 지구로 갈 수 있으면…… 그냥 탈출하면 되는 거니까."

-아니지. 별림이랑 다른 사람들도 데리고 와야 하잖아.

"그것도 그렇긴 한데. 적어도 고생해 준 우리 현혜 얼굴이라도 한 번 볼 텐데. 그치, 현혜야?"

-뭐래.

"너는 봤다, 이거야?"

-꺼져.

킬킬거린 태양이 발을 굴렀다.

어느새, 거리 한가운데에 있던 태양의 신형이 쉼터의 중심, 여관에 도착했다.

"그럼…… 해 볼까."

막막하지만, 도전은 해 봐야 하지 않겠는가.

태양은 두 눈을 감았다.

그리고 기억을 천착해 초월하던 그때를 되짚기 시작했다.

통합 쉼터 뒷골목 어딘가.

별림이 담벼락에 털썩 주저앉았다.

"하, 미치겠네."

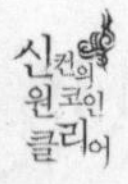

사실 그녀도 알고 있었다.
그녀는 억지를 부리는 중이다.
"아니, 이것도 변명이지."
별림이 푸욱, 한숨을 내쉬었다.
솔직히 그랬다.
란, 메시아, 살로몬.
태양과 탑을 같이 올라온 셋도 떨어뜨려놓고 가겠다는 태양이다.
별림은?
냉정하게 생각해서 그 셋보다 별림이 나은 점은 없다.
별림이 우울한 표정을 한 채 손가락으로 바닥에 그림을 그리는 사이, 안개가 거리를 휘감았다.
스윽.
별림은 돌아보지도 않고 물었다.
"메시아?"
"그래."
"오랜만."
인기 있는 스트리머답게 별림의 목소리는 꽤나 매력적인 편이었다.
듣기 좋게 통통 튀는 목소리.
그 속에 불퉁한 감정이 온전히 담겨 있는데도 모나 보이지가 않았다.

별림과 메시아는 교류가 있었다.

실력 있는 단탈리안 스트리머라면 대부분 한 번쯤은 교류하기 마련이었기 때문이다.

별림의 영어 실력이 상당한 편이어서 유저 시절에도 교류에 어려움은 없었다.

애초에 별림이 스트리머들 사이에서 발을 넓히려고 적극적이기도 했고.

"오랜만이군."

별림은 인사 대신 물었다.

"오빠가 불렀어?"

"왜 그렇게 올라가고 싶어 하는 거냐?"

입술을 뚱 내민 별림이 대답했다.

"……차원 미궁에서 있으면서 정신이 온전한 게 비정상이야. 알지?"

"이해한다."

"나도 그래, 솔직히…… 정신이 건강하지는 않아."

별림은 땅따먹기 스테이지에서 아주 오랜 시간 억압된 상태로 체류했다.

엘프 진영의 포로 수용서.

오크와 인간 진영 포로들이 구분 없이 수용되어 있었던 그곳에서.

"솔직히 못 볼 꼴 많이 봤어. 싱크로율이 정상이었으면 자살

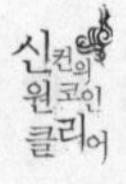

했을지도 몰라.”

“안 좋은…… 일을 당했나?”

“응. 뭐…… 근데 난 그렇게 심하게 당하지는 않았지.”

엘프 간수들은 죄수간의 싸움에 무심했다.

다행히도 동층 캐릭터에 비해 준수한 스펙을 쌓아 낸 그녀는 그런 사건들을 이겨낼 수 있었다.

그리고 별림은 주변의 사람들도 그런 일을 당하지 않게 막았다.

딱 그녀와 같은 철창의 사람들까지만.

“반대편 철창에서 온갖 역겨운 걸 다 봤어.”

엘프가 인간을 유린하는 모습.

오크가 인간을 유린하는 모습.

그중에서 별림이 가장 견디기 힘들었던 건 인간이 인간을 유린하는 모습이었다.

“인간이 인간에게 할 수 있는 모든 짓을 다하더라고.”

주먹을 휘둘러서 같잖은 권위를 누리고, 성적으로 고문하고, 심지어는…… 식량이 부족할 때 먹기까지.

“게임이 이상해지지 않았다면 그냥 자살해서 빠져나왔을 거야.”

하지만 그럴 수 없었다.

단탈리안에 접속해 있는 플레이어들이라면 본능적으로 그랬다.

"그 과정에서 서로 붙잡아 주던 사람들이 있었어."

유저 공이.

마법사 요단.

그리고 같은 철창에 배정된 다른 플레이어들.

별림이 길게 한숨을 토해내며 무릎 사이에 얼굴을 묻었다.

"그들이 죽어가며 살려준 목숨이야."

그들의 목숨을 버린 이유는 어이없게도, 'NPC들을 살려 정보를 전달해야 1cm라도 클리어에게 가까워지니까.'였다.

별림이 신경질적으로 고개를 들어 올렸다.

메시아는 별림의 눈 너머로 깊은 상흔을 보았다.

상처 입은 영혼에게서 발견할 수 있는 정신적인 상흔.

"그들이 죽어 가면서 살린 게 나잖아. 그러면 나도…… 차원 미궁을 클리어에 한 손이라도 보태는 게 맞는 거잖아. 내가 뭐 자살이라도 하겠대? 다른 사람들 다 하는 것만큼만 한다고. 그게 이상해?"

별림의 목소리가 격앙됐다.

"오빠 말대로 그냥 손 놓고 기다리고 있을 거면……."

"별림."

"그럴 거면 나도 차라리 그 자리에서 죽는 게 나았어!"

메시아가 건조한 목소리로 물었다.

"너는 살았지 않나."

"그래. 살았어. 그러니까 나는 그들의 유지를 이어서……."

"별림, 어리광은 그만 부려."

"어리광이 아니야!"

저도 모르게 언성을 높인 별림이 깜짝 놀라서 메시아를 바라봤다.

그녀를 바라보는 메시아의 얼굴이 흉신악살처럼 일그러져 있었다.

"묻지. 네가 뭘 할 수 있지?"

메시아의 말에.

아니, 메시아의 퍼런 서슬에 별림은 말문이 막히고 말았다.

"이봐. 더 솔직해져 보자고. 네가 그렇게 움직이는 게 인간 진영에 도움이 되는 일이야? 네 만족을 채우는 게 아니라?"

"……."

"어느 쪽이 너를 위해 희생한 그 플레이어들을 위하는 건데?"

별림이 입을 다물었다.

"윤태양은 지금 우리 인간 진영의…… 아니 플레이어 진영의 최종 병기이야. 너 말고 모든 플레이어가 얘 하나 믿고 가는 거라고. 너도 알잖아?"

메시아의 말은 사실이었다.

"윤태양은 이제까지 완전무결한 커리어를 쌓아 왔지. 아무리 강한 상대가 나타나도 이기고, 아무리 극한의 상황에 부딪혀도 탈출했어. 그런 윤태양에게 치명적인 약점이 하나 있어."

별림이 푹 하고 고개를 숙였다.

메시아 특유의 번뜩이는 안광이 별림을 날카롭게 찔렀다.

"너한테 휘둘리느라 정작 중요한 곳에서 힘을 못 쓰는 경우가 생길 수가 있다고. 그리고 그게 반복되면?"

"……."

"태양은 속절없이 흔들리겠지. 플레이어고, 진영이고, 클리어고 뭐고 다 의미 없어. 뒷전이야. 네가 위험에 빠지는 게 윤태양에게 더 중요하다고. 그건 네가 더 잘 알지?"

"……애초에 날 구하기 위해서 들어왔으니까."

"그래. 넌 너만 할 수 있는 일이 있어. 잘 숨고, 최대한 눈에 띄지 않는 거. 플레이어 공이랑 요단이 목숨을 걸어가며 해냈던 일보다 더 가치 있는 거라고."

그게 현실이다.

메시아가 머리를 쓸어올렸다.

"제발. 윤태양은 너 하나 보고 차원 미궁에 들어왔어. 네가 죽으면? 3억의 인류? 난 모르겠어. 윤태양이 그런 것까지 신경 쓸지 모르겠다고."

"오빠는……."

"태양의 가정사를 대충 알아. 네가 마지막 가족이라면서."

별림은 결국 고개를 떨어뜨렸다.

"별림, 내가 단탈리안에 왜 접속했는지 알아?"

"……세상 사람들을 구하기 위해서?"

"그건 표면적인 이유였지."

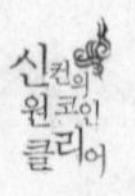

"다른 이유가 있었어?"

"태양과 같아."

메시아가 픽 웃었다.

입술 사이로 번뜩이는 송곳니가 날카롭게 번뜩였다.

"가족을 구하기 위해서. 태양과 다르게 난 실패했어. 뭘 해 볼 수조차 없었지. 그래. 너는 36층에 살아 있었지만, 내 가족은 그렇지 않았다는 이야기야."

"……."

"누나는 10층을 넘겨 본 적이 없는 초보였어. 나름 잘하는 수준이지만, 그래. 내 기준에서는 초보였지. 누나는 5층에서 사라졌어."

"……."

"5층을 정말 미친 듯이 뒤졌어. 쉼터에서도 아주 오랜 시간 기다렸지. 세상 사람들을 구하겠다고 미친 듯이 지껄이면서 막 뒤졌어."

메시아가 3억 인류를 구원하겠다고 떠벌려 대며 게임에 접속했던 이유.

두 가지였다.

그 안에 그의 가족이 있으니까.

그리고 그녀를 잃었을 때, 동정받기 싫었으니까.

"누나는 못 찾았어. 그렇지만 다른 사람들은 살려야겠다고 생각했지."

그렇게 다짐하고 올라왔다.

다짐은 강박이 되고, 그 강박은 심지어 기원이 되었다.

말하자면 정신병 수준의.

“그런데…… 윤태양 이 미친 새끼.”

메시아가 정신병 수준으로 집착하고, 필사의 의지를 갈아가며 따라가는데도, 거리가 벌어졌다.

태양은 말도 안 되게 강하다.

솔직히 따라가기도 벅찼다.

“놈은 내 존재에 의문이 들게 했어. 내가 따라갈 이유가 있나? 이렇게 잘하는 애가 앞에 있는데. 그런데 씨X. 어떻게든 따라갔지. 그러면서 내가 한 생각이 뭔지 알아?”

별림이 메시아를 바라봤다.

항상 어딘가 미쳐 보이던 그의 눈빛.

광신자의 그것.

“똑같아질 필요 없어. 내가 더 잘할 필요도 없고, 재가 하는 일을 할 필요도 없어.”

메시아가 짓씹듯이 말을 이었다.

“나는 그냥 내가 할 일만 하면 돼.”

“……”

“그게 다라고.”

안개 사이로 햇빛이 들이쳤다.

치이익-.

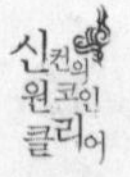

햇빛에 닿은 메시아의 피부에서 기포가 올라왔다.

메시아는 그늘 속으로 한 걸음 들어갔다.

"윤태양은 윤태양의 그릇이 있고, 난 내 그릇이 있어. 그리고 재가 하는 무언가는 내가 못하고, 내가 하는 무언가는 재가 못해."

"……."

"내가 할 수 있는 일을 하는 거야."

"나는……."

"너도, 네가 할 수 있는 일을 해."

한참이나 메시아를 바라보던 별림이 깊은 한숨을 내쉬었다.

그녀의 선택은 항복이었다.

"안 갈게."

"잘 생각했다."

"됐어."

심술궂게 쏘아붙인 별림이 자리에서 일어나 골목 바깥으로 걸었다.

초월자의 가장 큰 특징.

필멸의 굴레를 벗어던진다는 것이다.

초월자는 자연적으로 죽지 못한다.

초월자들의 삶은 어떠한가.

대부분의 초월자는 초월 직후를 가장 행복한 시간으로 기억한다.

기실 그 기간은 초월자라고 표현하기보다 다른 필멸자보다 압도적으로 강한 힘을 가진 필멸자라고 표현하는 게 올바르다.

'플레이어 윤태양도 정상적으로 초월했다면 한창 삶을 즐기고 있었을 텐데 말이죠.'

단탈리안이 뻥 뚫린 가슴에 손을 집어넣고 마나를 피워 올리며 피식 웃었다.

'뭐, 내가 아니었으면 초월할 일도 없었을 테니. 상관없나.'

여하간, 갓 초월한 자들은 다양한 일을 즐긴다.

본인의 신념에 맞춰서.

부조리한 현실에 강제로 정의를 부여하고, 암흑에 둘러싸여 있던 과거라는 이름의 장막을 들춰 역사를 복구한다.

또 권력을 쥐어 세상을 쥐락펴락하고, 욕망에 휩싸여 수백 년을 보내는 건 예사다.

어떤 이들은 더 높은 경지를 지향하고, 어떤 이들은 더 깊은 쾌락을, 또 어떤 이들은 인간적인 완성을 지향한다.

아주 오랜 시간 동안.

그리고 깨닫는다.

인간의 욕망이란 무한한 시간 앞에 덧없다는 사실을.

욕망, 의지.

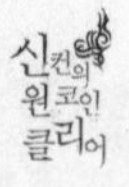

결국 소모되는 자원이다.

'죽음이 아주 멀리 있다는 사실을 아는 순간부터가 진짜 초월자의 삶의 시작.'

그 사실을 깨닫는 순간, 초월자는 욕망에서 반쯤 초탈한다.

인간이 욕망에 번민하는 존재일 수밖에 없는 이유.

길어야 100년을 사는데 해야 할 일은 많으니까.

최대한 많은 씨를 뿌리고, 문명을 번성하며, 더 많은 쾌락을 즐기고 싶으니까.

하지만 신체가 죽지 않게 설계되었다는 사실을 뇌가 깨닫고 나면, 본능적으로 판단한다.

쾌락을 원할 필요가 없다고.

어차피 살면서 언젠가는 맛볼 쾌락인데, 굳이 지금 신체를 안달 나게 할 필요는 없는 법이다.

차라리 이성적인 판단을 1순위 기준으로 앞세워서 신체의 안전을 도모하면 안정적으로 모든 것을 즐길 수 있지 않은가.

이 일련의 과정이 반복되고, 초월자가 초월에 완벽히 적응하면 어떻게 되는가.

'외로워진다.'

필멸자로서 즐길 수 있는 모든 것을 즐기는 과정.

다르게 말하면 초월자가 필멸자의 사회에서 배격되는 가정이다.

초월자는 기존 필멸자와는 비교할 수 없는 존재다.

필멸자가 초월자와 같이 지내다 보면, 필멸자는 초월자를 경외할 수밖에 없다.

경외.

공경하는 동시에 두려워한다는 이야기다.

모든 생명체는 자신과 다른 존재를 본능적으로 꺼린다.

종의 한계를 초월한 필멸자는 더 이상 그들과 같은 존재라고 볼 수 없다.

그렇게 자연스럽게 거리가 벌어진다.

초월자는 외로운 존재다.

어쩔 수 없다.

72 마왕.

초월자 집단이 생긴 건 어찌 보면 필연이다.

차원 안에서 경원시 당하게 된 초월자들은 결국 차원 바깥으로 눈을 돌렸다.

물론 예외도 있지만, 바깥으로 눈을 돌리지 않더라도 다른 초월자가 접근하면 반갑게 그를 맞이할 수밖에 없다.

그렇게 하나둘, 연결고리가 생기면서 초월자 간의 집단이 생긴다.

사회를 만든다.

'그다음이 재미있는 지점이지.'

다시 인간 사회와 같은 환경에 노출되고 나니, 마왕들의 욕망이 다시 들끓기 시작하는 것이다.

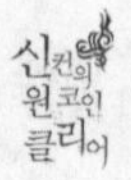

대다수가 무력에 관련된 깨달음으로 초월한 존재들이기에.

누가 더 강한가를 겨루는 건 필연적인 일이었고, 강함의 격이 필멸자 시절과는 차원이 다르다 보니 스케일이 커진다.

분명 전투이건만 겉에서 보기에는 전쟁이다.

차원 하나가 통째로 날아가는 수준이니 전쟁이라고 이름 붙일 수밖에.

그렇게 발발한 게 서열 전쟁이었다.

"그게 결국 마왕의 본능이었다는 이야기야."

그리고 지금.

차원 미궁에는 제2차 마왕 서열 전쟁이 일어나고 있었다.

전쟁의 열기는 아주 작은 감정마저 증폭시켜 서로 대립하게 만든다.

'물론…… 그레모리의 힘이 없다고 할 수는 없겠지만.'

장시간 폭력을 억눌러 온 마왕들은 터져 나가는 폭력을 보고 자제력을 잃었다.

마치 억눌려 있던 댐이 터지는 듯했다.

가까운 이유를 들자면 그레모리가 펼친 증폭의 권능이 그 이유겠지만, 천착해 보면 더 원초적인 이유가 있다.

많고 많은 초월자 집단 중 왜 이들은 72마왕에 소속되어 있는가.

마왕이 왜 마왕인가?

초월자 중 마왕이 아닌 이도 분명 존재한다.

그런데 이들은 왜 자신들 스스로 마왕이라고 정의하고 이름에 걸맞게 행동하는가.

그런 존재니까.

그런 존재이기에 마왕이라 이름 붙인 집단에 들어와서 그에 걸맞게 행동하는 거다.

유일하게 이해할 수 없는 존재는 그레모리 정도일까.

아가레스가 노인의 탈을 벗고 전사로 돌아와 검을 휘두른다.

바르바토스는 단탈리안을 찾고 싶겠지만…… 안타깝게도 평소에 쌓은 부덕이 컸다.

단탈리안처럼 시작하자마자 모습을 감췄다면 또 몰랐겠지만. 안타깝게도 그러지 않았다.

분명 그 시작은 바르바토스와 단탈리안의 대립이었으나, 이제 상황은 단순한 두 마왕의 대립이라고 보기에는 심하게 어지럽혀져 있었다.

"크하하하하하!"

그 사이에서 바알이 미친 듯이 웃었다.

팔을 흔들자 하늘이 떨리고, 발을 구르자 땅이 갈라진다.

72명의 마왕 중에서도 가장 신에 가까운 위엄.

일확천금을 바라는 건 초월자도 마찬가지.

바알은 취했을 때 가장 짜릿한, 매력적인 먹잇감이기도 했다.

쿠구구구구구궁.

'일곱 번째.'

한 달에 걸친 전투는 65층부터 71층까지 총 7개의 층을 반파했다.

초월자들의 전투 여파에 차원 미궁이 버티지 못한 것이다.

애초에 필멸자들의 전쟁터로 설계된 장소에서 초월자들이 싸워 대니 당연하다면 당연한 일이다.

사망자는 아직 없다.

'하지만 곧.'

준비가 끝난다면.

단탈리안이 눈을 빛냈다.

'바알.'

당신의 목도 곧.

떨어뜨려 주지.

55층, 영광의 무덤.

오크와 인간 진영의 플레이어들이 늘어서 있다.

가장 앞에 선 플레이어는, 윤태양.

태양이 웃었다.

"자, 드가자!"

등반

달칵.

커피를 내린 현혜가 태양의 집을 돌아보았다.

태양은 무언가 사는 일을 거의 하지 않았다.

가장 큰 지출은 집. 그다음은 음식.

생필품을 제외하면 가구나 옷과 같은 건 정말 필수적인 정도로만 구비해 두는 편이었다.

그런 이유로 태양의 집은 좋게 말하면 깔끔하고, 나쁘게 말하면 황량했다.

그리고 정부 사람들이 한차례 다녀간 뒤로는 그렇지 않아도 인간미가 없던 태양의 집은 황량을 넘어 헐벗은 수준이 되었다.

이 정도로 끝난 게 다행이랄까.

현혜에게 방송 권한을 내놓으라고 하기까지 했는데, 태양이 그럴 거면 아예 방송을 종료해 버린다고 협박하는 바람에 방송은 지킬 수 있었다.

솔직히 말해서 이제 방송은 태양이 차원 미궁을 헤쳐 나갈 때 도움을 받기 위해서라기보다 남은 사람들의 희망, 그리고 현재 차원 미궁의 상황을 알리는 알리미 역할이다.

"……내가 뭐라도 채워 넣어야 하나."

사실 태양의 집에 거주한 지 몇 달이 넘어서 이 공간은 태양보단 현혜의 집이라고 부르는 게 더 바른 말일 정도가 되었다.

실제로 방에 꺼내져 있는 물건에 한해서는 태양의 물건보다 현혜의 물건이 더 많기도 했고.

"얘는 뭘 이렇게 단출하게 사냐."

가볍게 투덜거린 현혜는 집에서 가져온 커피 머신을 통해 내린 아메리카노를 마시며 화면에 시선을 고정했다.

약 한 달.

지난 한 달은 태양이 가상현실 게임 단탈리안에 접속한 이례로 가장 긴장감이 없는 시간이었다.

감개가 무량하게도, 그 원인은 태양이 너무 강해서였다.

—이번 스테이지도 거의 깬 듯?

—무난하네. ㅅㅅ

—시발… 진짜 윤태양 보고 지구 쳐들어오는 거 아니겠지?

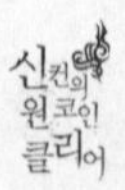

—윤태양이 마왕도 다 죽일 거임. 걱정 ㄴㄴ

—지금이라도 윤태양 집 전기 다 끊어야 된다.

—달님. 제발요. 님이 마지막 희망입니다.

—윤태양 몸뚱아리 없어져서 의미 없다니까? 말귀 ㅈㄴ 못 알아듣네.

—말귀 못 알아듣는 게 아니라 뉴스를 안 보는 거임 ㅋㅋ

—?? 그걸 믿음? 순진하네. 정부가 윤태양 신변 보호하려고 거짓말한 건데.

—뭐래 ㅋㅋ 윤태양 신변 관리 못했다고 정부가 처먹은 욕이 얼만데 그걸로 거짓말을 함.

—ㅋㅋㅋㅋㅋㅋㅋ 고작 그 정도 욕먹고 69억 죽이는 폭탄 스위치 얻으면 이득이지.

—ㄹㅇㅋㅋ 존나 수지맞는 장사인데. 감이 안 오나.

—멍청하니까 뉴스를 정말로 믿고 자빠졌지 ㅋㅋ

현혜는 가볍게 한숨을 내쉬었다.

사실 주제 때문에 캠을 켜서 캡슐에 태양이 없다는 사실을 보여 줬을 정도였다.

물론, 현혜까지도 의심하는 사람들에 의해 음모론은 오늘도 판치고 있었다.

—오늘은 달님 캠 켜 주나.

–달님 얼굴 보고 싶다 오랜만에.

–아, 집에 캠 있는데 왜 안 켜냐고~.

['고낭만' 님이 100,000원을 후원하셨습니다!]

[저 고연수는 스트리머 달님의 캠 방송을 기다립니다.]

–연수좌 등판 ㅋ

–오랜만에 오셨네.

–십마넌 ㄷㄷ

긴장감이 얼마나 없으면 한창 무거웠던 분위기가 벗겨지고 가벼운 채팅들이 난무할 정도다.

최근 태양의 행적을 보면 솔직히 그럴 만도 했다.

55층부터 59층까지 5개의 층을 뚫는 데 소요된 시간은 고작 2주였다.

그리고 지금.

60번째 스테이지, 지옥 원숭이 섬.

–우끼끼끼끼끼!

–우끼끼끼끼!

화면 안에 붉은 원숭이들이 가득하다.

지옥 원숭이 두목, 홍안미후왕(紅顔獼猴王) 탐성식객(貪星食客) 천오손이 곤봉을 휘두르는 동시에 제 털을 뽑아 던졌다.

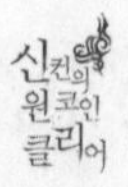

동시에 화면이 마치 버퍼링에 걸린 것처럼 주욱 늘어졌다.
수백 마리의 원숭이들.
충격에 흔들리는 나뭇가지와 흩날리는 돌조각.
검을 뽑은 무인들과 허공을 메운 마법.
화면을 구성하던 요소들이 죄다 엿가락이 되어 버렸다.
태양의 시야를 공유하고 있기에 벌어진 일이다.
"아이코."
현혜가 뒤늦게 카메라 시점을 3인칭으로 변경했다.
한 박자 늦었지만, 그녀를 나무랄 사람은 없다.

—빠릿빠릿 안 하냐.
—감 다 떨어졌네.
—옵져버 똑바로 하라고. ——

아니, 있긴 하지만.
뭐, 어쩌라고?
현혜가 불퉁하게 중얼거렸다.
"보는 데 감사하기나 해."
콰드드드드드드.
대기가 진동한다.
모니터 너머로도 공기가 일렁이는 게 느껴질 정도.
이윽고 권능에 한없이 가까워진 란의 풍술이 공간을 통째로 찢어 냈다.

콰지지직–.

사방을 깎아내며 조여 들어오는 란의 풍술에 원숭이들이 한 곳으로 쏠린다.

후우욱–.

살로몬이 만들어 낸 연기와 란의 바람을 타고 들어왔다.

신의 징벌 – 바벨.

스킬화의 경지에 다다른 메시아와 살로몬과 란의 합작 마법.

거대한 연기의 탑이 퍼엉– 부드러운 효과음과 함께 역으로 대지에 꽂힌다.

따악–.

동시에 마찰하는 메시아의 손가락.

지휘자의 지휘에 맞춰, 연기 안에 밀도 있게 모여 있는 전하가 마찰을 일으키기 시작했다.

그 결과, 거대한 연기의 탑을 뇌운(雷雲)으로 만들었다.

꽈르르르르르르르르르릉!

탐성식객 천오손의 분신 대다수가 새카맣게 타 재로 화한다.

그다음은, 태양의 차지다.

스타버스트 하이킥(Starburst High Kick) – 캐논 폼(Canon Form) – 삼십 연발.

후우우우웅.

태양의 오른발이 일대의 마나를 죄다 빨아들인다.

란, 메시아와 살로몬이 합작하여 만든 뇌운이 순식간에 힘을 잃고 쪼그라들었다.

운 좋게 살아남은 원숭이들이 공포에 휩싸인 채 끽끽대며 이리저리 뛰어다니지만, 의미는 없다.

부채꼴로 뻗어 나가는 30개의 광선이 지옥 원숭이들의 생태계에 종언(終焉)을 고했다.

파스스스스―.

원자단위로 분해하는 태양의 광선은 소리조차 허락하지 않고 완벽하게 적을 섬멸했다.

―캬.

―시원하다.

호록.

커피를 마신 현혜가 중얼거렸다.

"이제 2주 만에 6개네."

화면 안에서 열심히 보상을 긁어 낸 태양이 불평했다.

―차원 이동 관련 기술은 여기도 없네.

"그러게. 뭐, 기대도 안 했잖아."

―쩝. 그렇지, 아무래도. 마왕을 직접 잡은 것도 아니고 놈들이 만들어 둔 스테이지인데.

솔직히 말하자면, 태양과 현혜는 뒤늦게 스테이지에서 공간 관련 스킬 카드, 아티팩트가 나오지 않는 이유를 깨달았다.

조금만 생각해 보니 당연한 이유였다.

플레이어가 차원 미궁을 탈출할지도 모를 가능성 때문이다.

—그걸 몰랐던 게 레전드.

—애초에 시작부터 게임이라고 생각하니까 발상이 거기까지 안 닿은 거지.

—ㄹㅇㅋㅋ.

—아쥬르 머프는 전에 그런 이야기 한 적 있지 않나.

화면 안에서 태양이 가볍게 한숨을 내쉬었다.

—휴. 답답하구먼.

그나마 기대를 걸 만했던 건 태양의 초월 과정이었는데 역시 성과는 없었다.

태양의 육체가 지구에서 차원 미궁으로 전송된 건 분명하니 여기에서 차원 이동 권능의 실마리를 찾을 수 있지 않을까 했는데, 초월자의 감각으로도 기반지식이 없으니 알아낼 수 있는 게 없는 모양이었다.

—애초에. 그 당시에 대해서 뭐가 기억이 나야 말이지.

스테이지 클리어는 확실히 빠르게 이루어졌다.

심지어 56층, 57층을 클리어할 때보다 59층, 60층을 클리어하는 게 더 빨랐다.

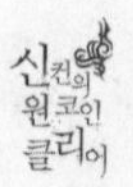

긍정적으로 보자면 탄력을 받았다고 할 수 있겠지만, 솔직히 말해서 층이 올라갈수록 콘텐츠가 허술해졌다.

"마왕들도 실시간으로 만들고 있었다는 거지."

미칠 듯이 고통스럽지만 어떻게든 클리어는 할 수 있게.

플레이어들의 수준에 맞춰서 맞춤 제작해 오던 이들이다.

그렇기에 층을 올라갈수록 스테이지는 미완성에 가까워졌다.

단탈리안이 벌인 소동이 마왕들의 차원 미궁 행정을 완벽하게 무력화시켰다는 건 확실히 긍정적인 일이었다.

그의 계획대로 일이 진행되고 있다는 뜻이었으니까.

하지만, 그 과정에서 보상이 시원찮아졌다는 점은 좋지 않다.

살로몬과 메시아가 신성을 개화시킬 가능성이 줄어드는 거니까.

또한 S등급 카드, 권능을 얻을 기회도 없었으니, 여러모로 막막한 상황인 모양이었다.

"걱정이네. 세 명 다 딱히 진전은 없는 거지?"

현혜가 걱정스러운 목소리로 중얼거리자 태양이 담담하게 대답했다.

-안 되면 혼자 하려고.

그레모리가 준비한 태양을 위한 안배다.

무시하고 넘어가자니 태양도 아쉽다.

하지만 그 안배 때문에 계획을 통째로 망칠 수는 없는 노릇이었다.

백년 묵은 구렁이처럼 치밀하기 짝이 없이 계획을 짜는 단탈리안이지만, 상대는 제1계위 마왕 바알이다.

체스말로 움직여 주기로 한 태양이 대놓고 뒤통수를 치는 바람에 허무하게 단탈리안이 죽어 버리면 태양 역시 난처한 상황이 봉착할 게 분명했다.

"그래도 이번에 6층을 먹었으니 아마 통합 스테이지가 생길 거야."

—응. 거기서 걸어 봐야지.

통합 스테이지에서 등장하는 특별한 보상.

유적.

다른 말로 초월 병기.

태양이 애프터 아포칼립스를 통해 초월했던 것처럼, 신성을 가진 메시아와 살로몬도 상황만 맞아떨어진다면 기대해 볼만 하리라.

—그나저나, 다른 쪽에서 별다른 일은 없었지?

"그렇지. 엘프랑 수인족이랑. 다 정리됐잖아."

현혜는 대답하면서도 메시아의 화면을 한번 훑었다.

통합 스테이지도 순조롭게 진행되고 있는 모양이었다.

"잘되고 있다니 다행이네."

태양은 태연하게 중얼거리며 61층을 향했다.

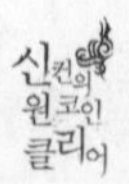

육마두존(六魔頭Zone).

클리어 이후 55층부터 60층이 통합하여 만들어진 통합 스테이지.

소, 호랑이, 토끼, 뱀, 닭, 그리고 잔나비.

동물을 닮은 여섯 마수가 날뛰었다.

메시아와 란, 살로몬은 나뉜 층을 클리어했음에도 불구하고 굳이 다시 들어갔다.

이유는 당연히 초월 병기를 통해 신성을 각성하기 위해서였다.

후우웅.

강철 깃털을 쏘아 대는 투계(鬪鷄)의 파도에 휩싸인 란은 흔들림 한 점 없이 명상하고 있었다.

제어하는 바람이 얼마나 강력했던지, 절벽을 통째로 가르는 계왕(鷄王)의 비늘도 란의 바람을 뚫지 못했다.

메시아와 살로몬이 그녀를 바라봤다.

"두고 가도 괜찮은 건지 모르겠군."

"괜찮다잖아. 그리고 확실히. 풍술이 강해진 걸 느끼지 않아?"

"느낀다."

메시아가 착잡한 얼굴로 란을 바라봤다.

권능에 다다른 기술.

메시아는 그녀를 보면 볼수록 자신이 신성을 포기했어야 된다는 자책에 빠졌다.

당장 신성을 얻은 그들도 초월의 가능성이 멀게만 느껴졌기 때문이다.

그나마 가능성을 보려면 기술의 권능화와 신성을 동시에 지니고 있었어야 하는 것 아니었을까.

별림에게 기껏 너만 할 수 있는 일을 하라고 해 놓고, 정작 메시아 본인이 욕심에 일을 그르친 것은 아니었을까.

살로몬이 상념에 빠진 메시아의 어깨를 때렸다.

"가지."

"아아."

"쓸데없는 생각 하지 말고."

후욱.

살로몬이 공간을 잇는 연기를 내뱉었다.

초월병기, 신수의 알을 얻기 위한 미션의 시작이었다.

층을 올라갈수록 공략은 가속화됐다.

막 진입한 61층, 허구의 실체 스테이지의 클리어는 튜토리얼이나 다름없던 1층부터 3층을 제외하면 역대 최단 시간 타임어택을 찍을 정도였다.

"허구의 실체. 허구는 구현이 되었는데 실체는 구현이 되지 않은 것인가."

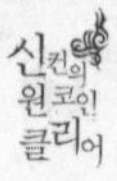

피 튀기는 번개가 불만스럽게 중얼거렸다.

태양은 대답하는 대신 쉼터로 향했다.

"밑에는 잘되어 가고 있대?"

–응. 메시아랑 살로몬도 초월 병기 습득 직전이고.

"수호신수의 알이라……. 란은?"

후웅.

태양 주변을 휘감은 바람이 가볍게 요동쳤다.

더 정확히 표현하자면, 폭풍 정령들이 '란'이라는 단어에 반응했다.

최근 들어 아라실과 란의 교류가 많았기 때문이다.

란은 아라실을 통해 바람이란 물질을 확실하게 정의하고, 더 세밀하게 알아가고 있다고 했다.

–란은 곧……. 벽을 깰 것 같다.

"권능화가 얼마 남지 않았다는 이야기야?"

–아마도.

"흐음."

태양이 걸어가며 고민하는 사이 피 튀기는 번개가 큰 걸음으로 태양을 성큼성큼 따라왔다.

"통합 스테이지에 들를 생각은 없나."

"통합 스테이지? 거길 왜? 빨리 올라가야 한다니까."

"막 열린 통합 스테이지는 보물창고나 다름없다. 수많은 보물을 뒤로 하고 위로 오르기만 한다면 전사 역시 지치기 마련이지 않겠나."

적어진 보상 덕에 이리저리 불만이 많은 건 인간 진영뿐만이 아니었다.

또한, 지금 당장은 체감 난이도가 내려갔다고는 하나 결국 그들이 상대해야 할 적은 마왕.

뚜렷한 레벨업 없이는 불안하게 느낄 수밖에 없다.

거기에 태양 일행만 통합 스테이지로 들어갔으니.

오크 전사들이 보기에는 인간 진영 플레이어들만 밀도 높은 혜택을 누린다고 느낄 수도 있는 문제였다.

"흠. 팀워크에 문제가 있는 건 아무래도 좀 그렇지."

태양의 목표는 64층이었다.

'단탈리안과 약속한 기한은 대략 일주일.'

빡빡하다면 빡빡하지만, 쉬워진 난이도를 생각하면 못 맞출 것 같지도 않다.

애초에 당장 61층을 클리어하는 데 하루가 채 걸리지 않았다.

잠시 고민하던 태양은 결국 선선히 고개를 끄덕였다.

"고맙다."

"뭘."

가볍게 고개를 숙이고 돌아가는 피 튀기는 번개.

태양은 오크 전사의 뒷모습을 보며 그에게도 신성에 관한 이야기를 꺼낼지 잠깐 고민했다.

피 튀기는 번개. 카인. 유리 막시모프.

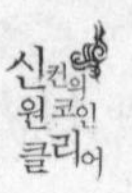

태양 일행이 아니더라도 초월의 가능성이 보이는 플레이어는 꽤 있었다.

물론 태양 본인부터가 초월이 어떤 기준에 의해 이루어지는지 모르기 때문에 확신하지는 못했지만, 눈대중으로 그렇다는 이야기다.

마왕을 상대하기 전에 아군의 전력을 최대한 끌어 올리는 건 분명 도움이 되겠지만.

문제는 태양이 그들을 전적으로 신뢰하지 못했다.

진영의 통합을 이루어 낼 수 있었던 배경은 태양이 무소불위의 전력이기 때문이라는 점이 가장 큰 원인이었다.

'솔직히 유리 막시모프는 강해져도 별다른 액션을 보일 것 같지는 않은데, 카인이랑 피 튀기는 번개는 이야기가 다르단 말이지.'

카인은 같은 진영이지만 출신 차원이 다르고, 맡은 집단의 규모, 결집력이 뚜렷하다.

개인 전력이 명백히 밀리는 와중에도 카인의 영향력은 태양에 필적했다.

인간 진영만 따지면 카인의 영향력이 더 크다고 봐도 무방할 정도였다.

피 튀기는 번개는 진영이 다르니 말할 것도 없다.

갈라서겠다고 선언해 버리면 기껏 규합한 체제가 사정없이 흔들려 버린다.

아니, 갈라서겠다고 선언하지 않아도 그들이 초월했다는 사실 만으로 그렇게 될 가능성이 농후했다.

"일단 이건 보류."

—뭘?

"아니야. 그럼 나도 가는 김에 나도 애들 얼굴이나 보고 올까."

—이제 막 하루 지나지 않았어?

"그래도 체감이라는 게 있잖아. 없으니까 생각나더라고."

초월자가 되었다고 해도, 일행의 보조가 있고 없고는 확연하게 느껴졌다.

란과 살로몬, 메시아가 맞춰 온 호흡.

일대일 상황 유도.

기동력 확보.

순간적인 상태 이상 유발.

솔직히 없을 때는 몰랐는데 그들이 없는 채 61층을 공략하는 과정에서 태양은 일행의 빈자리를 생각보다 크게 느꼈다.

"혼자 한다는 마음가짐이긴 했는데, 이렇게 보니 다들 초월자가 돼서 위에서도 일인분씩 따박따박 해 주면 든든할 것 같긴 하다."

—그러려면 란을 더 도와줘야 하지 않겠어?

"란을?"

태양이 어깨를 으쓱였다.

"내가 뭘 어쩌라고. 나라고 걔들보다 더 잘 아는 것도 아니잖아."

태양은 무심하기 짝이 없는 태도였다.

여느 때처럼.

현혜는 괜히 물었다.

-그래도. 신경 쓰이지 않아?

"신경이야 쓰이지. 올라와 줬으면 좋겠다고 생각하니까."

아니, 그거 말고.

예쁘잖아.

현혜는 입에 담은 말을 뱉지는 않았다.

대신 생각했다.

태양에게 다가온 여자가 있었던가.

뭐, 있긴 했다.

꽤 많았지.

학창 시절에 여자 친구도 사귀기도 했고, 한창 잘나갈 땐 하루에도 대여섯 명이 추파를 던지기도 했었다.

지금이야 모습이 바뀌어 버렸다지만, 지금도 그렇고 지구에서도 그렇고 태양은 그렇게 빠지는 외모가 아니었다.

일단 키와 비율이 준수한데다가 격투기를 꾸준히 단련하면서 얻은 몸매가 있었으니까.

거기에 얼굴도 막 못생기지도 않았고.

킹 오브 피스트의 전성기에는 항상 화끈한 경기력과 화려한

쇼맨십으로 관객들을 열광시켰던 게 바로 태양이다.

거기에 '세계 제일'이라는 명예와 부까지 더해지니, 인기가 없으려야 없을 수가 없다.

'그러고 보니, 초월한 이후에 훨씬 원래 모습에 가까워졌네.'

깨닫지 못하고 있었다.

차원 미궁의 마법은 참 신기하다.

정체를 모를 때는 절대로 연상이 되지 않는 주제에 캐릭터가 태양이라는 것을 아는 순간 태양과 굉장히 닮게 느껴지기 때문이다.

초월한 이후의 태양은 지구인 시절의 모습과 굉장히 비슷해졌다.

여하간.

마음만 먹는다면 난잡한 연애 생활을 즐길 수 있었을 태양이지만, 오히려 선수 때는 애인을 만들지 않았었다.

연습해야 하는데 시간이 아깝다나.

학창 시절 여자 친구를 사귀었을 때도 태양은 상대에게 빠져서 매달리지도 않았다.

심지어 현혜 자신 때문에 헤어진 적이 있을 정도였다.

전적으로 오해에 불과했지만, 태양의 전 여자 친구는 현혜에게 물 싸대기를 날리려고 시도했었다.

동기는 그녀도 이해했다.

'아무리 그래도 여자 친구보다 나랑 더 많이 연락하는 게 말

이 되냐고.'

제3자 입장에선 현혜가 나쁜 년으로 보이겠지만, 당시의 현혜는 억울해 미칠 지경이었다.

아니, 그 전에 현혜랑 태양이 그렇게 자주 연락하지도 않았다.

하루 혹은 이틀에 한번 꼴.

그것도 카톡 한 줄 보내면 한 줄 답장하는 수준.

그런데 그것보다 여자 친구랑 더 연락을 안 했다니.

이건 현혜와 태양의 문제가 아니라, 그냥 건강하지 않은 커플이지 않은가.

-큼.

헛기침한 현혜가 상념을 멈췄다.

어쨌든.

태양의 무심함은 란에게도 마찬가지인 것 같았다.

뭐랄까.

싱숭생숭하다.

좋으면서도 나쁘달까.

-뭔 소리야.

"뭐가?"

-아니, 뭐. 아, 지금 메시아 쪽 보고 있는데 유적 얻기 직전이다.

"그래?"

투웅.

태양이 크게 한 걸음을 옮기자 풍광이 뒤바뀌었다.

게이트.

통합 쉼터.

그리고 다시 게이트.

스테이지 육마두존(六魔頭Zone).

후웅.

입장과 동시에 태양의 머리가 흩날렸다.

란의 마나를 듬뿍 머금은 바람.

태양이 씨익 웃었다.

“거 봐, 알아서 잘 한다니까.”

산기슭, 중턱, 정상.

개미가 먹이를 옮기고, 토끼가 굴을 파며, 호랑이가 산을 오시한다.

하늘에선 매가 날카로운 시선으로 토끼의 움직임을 관조하고, 낙엽 밑의 뱀은 다람쥐가 도토리를 주우러 내려오는 순간을 숨죽인 채 기다린다.

계왕의 깃털이 백서른 번하고도 여섯 번을 찔러 들어오고, 우왕이 침입자를 향해 발을 구르며 포효한다.

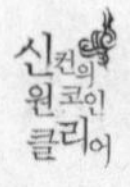

폭풍의 정령들이 깔깔거리는 사이사이에 바람이 두 겹, 세 겹씩 파동을 만들어 강에 파문을 이루고, 수면 밑에서 유영하던 잉어들이 화들짝 놀라 뻐끔거리던 아가리를 물 밑으로 숨긴다.

"흐으으……."

정신의 확장.

란은 당장에라도 부하를 일으킬 듯 뜨겁게 달아오른 뇌에 바람의 내기를 불어 넣어 극적으로 식혔다.

그렇게라도 하지 않으면 당장에라도 정신을 놓칠 것 같았다.

아니, 그녀와 친해진 폭풍 정령들이 몇몇 거대한 기류의 관리를 도와주지 않았다면 진작에 놓쳤겠지.

"흐읏."

정수리에 송곳을 꽂아 대는 통증이 일었다.

여기저기 실시간으로 갱신되는 정보에 촌각의 촌각을 쪼개는 시간조차 온전히 집중하지 못하고 옮겨가는 생각의 초점.

란의 혈도를 마치 제집처럼 거칠게 드나드는 수십 자락의 바람들.

정신과 육체가 초 단위로 너덜너덜해지고 있었다.

재능 있는 풍술사들이 가장 쉽게 밟는 덫.

풍술사들은 이런 상황을 보고 바람에 잡아먹힌다고 표현했다.

'여기가 기점이었어.'

다음 단계로 향할 기점.

란이 손가락 하나를 까딱할 때마다 산 어귀에 핀 버들가지가 격하게 흔들린다.

스테이지 하나.

차원으로 보자면 작디작은 차원이지만, 만 명 단위 사람은 우습게 포용할 넓은 차원.

이 순간.

차원 안에 존재하는 모든 공기의 흐름이 온전히 란의 손끝에 달려 있었다.

샛바람, 갈바람, 마파람, 된바람.

삭풍, 질풍, 용오름.

그리고 저 하늘 위의 제트 기류까지.

기압에 의해 움직이는 바람을 통제하니, 역으로 기압 역시 란의 손아귀에 떨어진다.

그 말인즉슨, 손가락 하나를 까딱하는 것만으로 대주술급의 폭풍마저 움직일 수 있다는 뜻이다.

"하아……."

란의 입에서 새하얀 김이 흘러나왔다.

김이 아니다.

혼이다.

실체화된 혼.

란은 그녀의 풍술이 벽을 뚫고, 다음 경지에 이르렀음을 깨달았다.

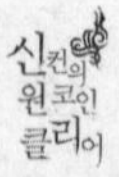

정신이 바람과 일체화된다.

다른 말로 하면 자연의 일부가 된다.

도사의 관점에서 보면 등선이요, 인간의 관점에서 보면 죽음이다.

'죽기는 싫은데.'

하나 본디 그렇지 않던가.

깨달음을 얻은 도사는 현세와 연을 끊는 법.

툭.

까딱이는 손가락.

동시에 한참 전부터 난리를 피우던 계왕이 하늘로 솟아올랐다.

"킥."

성층권에 휘돌던 빠르고 좁은 공기의 흐름.

초당 30m는 우습게 흐르는 제트 기류가 일순간 방향을 틀어 계왕을 납치했다.

"키에에엑!"

계왕은 닭이라는 종이 평생 봐 올 수 없는 높이에 놀라서 비명을 질러 댔다.

깜빡.

란의 입에서 흘러나오던 혼이 미약한 촛불처럼 흔들렸다.

하나 한번 흐름을 타기 시작한 정신의 고양은 란에게 더욱 완벽한 바람의 제어권을 가져다주었다.

권능의 위에 다다른 풍술.

거기에서 비롯되는 완벽한 전능감.

풍술.

바람이 불기를 기도하는 념에서 시작된 기원.

이 순간, 바람은 그녀의 의지에 따라 움직인다.

'아니, 내 의지가 곧 바람인가?'

란 본인조차 구별할 수 없었다.

그렇게, 란의 정신이 바람이라는 자연에 함몰되기 시작했다.

태양, 번개, 해일, 지진.

그리고 폭풍.

항거할 수 없는 자연재해는 언제나 인간의 뇌리에 공포감을 때려 박는다.

이는 인간의 경지를 탈피했다는 플레이어들에게도 마찬가지였다.

플레이어들은 새삼 깨달았다.

애초에 인간이란 나약하기 짝이 없는 존재다.

그런 인간보다 조금 더 힘이 강하다고.

그들이 하지 못하는 것을 할 줄 안다고.

더 똑똑해졌다고.

인간의 한계를 탈피했다고 우쭐거리는 건…… 부끄러울 정도로 멍청한 짓이다.

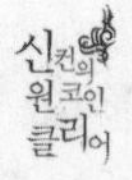

–장관이네.

–이거 온전히 란이 해내고 있는 거임? 폭풍 수준이 아닌데;

–와, 란 이거 진짜 초월 각 보는 거 아님?

–초월이 개 집 이름이냐. 아무나 하게 ㅋㅋ.

–란이 아무나임? 윤태양 옆에서 온갖 업적은 다 받아먹은 플레이어임 ㅋㅋ.

태양의 얼굴이 굳어 갔다.

육마두존 스테이지를 뒤덮은 바람의 기류.

란의 온전한 제어 아래 휘몰아치는 바람은, 심상치 않았다.

'잘하고 있다고 생각했는데. 아니었어.'

그냥 잘하는 것을 넘어섰다.

넘어서서…… 과하게 잘하고 있다.

풍술은 확실히 권능화의 과정을 거치고 있었다.

차원 곳곳에 깃든 공기의 흐름에서 태양이 초월할 때 느꼈던 전조가 동시다발적으로 느껴졌다.

선명한 마력.

터무니없는 규모.

태양도 잘 알지는 못했지만, 권능에도 급이 있다면 란의 풍술은 분명 최상급 수준의 권능이 될 게 분명해 보였다.

그게 문제다.

권능에 다다른 풍술에 걸맞지 않게, 란의 격이 너무 낮다.

돼지 목에 걸린 진주목걸이는 어떻게 되는가.

인간이 와서 목을 잘라 목걸이를 가져간다.

분에 맞지 않는 보검을 취한 병사는 더 강한 무사에게 검을 탈취 당하고, 과한 영단을 주워 먹은 야생동물은 영물에게 사냥당한다.

만약 인간이 오지 않는다면, 돼지는 어떻게 될까.

과한 영단을 주워 먹은 야생동물은 어떻게 될까.

사실 간단하다.

돼지는 자라고, 진주목걸이는 자라지 않는다.

그러므로 돼지 목걸이는 시간이 지남에 따라 돼지의 목을 거세게 옥죄여 종국에는 돼지를 죽음에 이르게 할 것이다.

영단을 주워 먹은 야생동물 역시 백 중 구십구는 영단을 소화하지 못하고 죽는다.

그래.

일반적인 상황이라면, 다른 마왕이 나타나서 란이 개화해 낸 권능을 빼앗으려 시도했을 거다.

그거 하나는 다행이다.

위에서 단탈리안이 잔뜩 시선을 끌어준 덕분에 강력한 방해꾼은 나타나지 않았으니까.

하지만 아무도 간섭하지 않는 상황이라도, 결국 권능의 격은 란이 감당해야 한다.

영단을 소화해 낸 단 1마리의 야생동물이 되어야 한다는 뜻

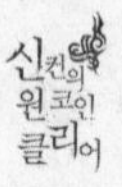

이다.

'당연한 이야기지만, 쉽지 않지.'

권능이라는 거대한 인력에 란의 영혼이 속절없이 휘말렸다.

란의 존재가 권능화된 풍술에 실시간으로 잡아먹히고 있었다.

다른 이들은 깨닫지 못하고 있었지만, 초월하며 각성한 태양의 시선에는 보였다.

지금, 풍술은 블랙홀이다.

일시적인 블랙홀.

블랙홀(풍술)을 유지하기 위해선 란이 필요하다.

란이 풍술의 끝에 도달하려면 블랙홀을 유지해야 한다.

그리고 블랙홀을 유지하면 란은 역설적으로 그 블랙홀에 빨려 들어갈 운명이다.

란이 살기 위해서라면 풍술을 멈춰야 하는데, 그러면 권능의 영역은 다시 멀어질 것이다.

'멈춰야 하는데.'

일순간 다가온 깨달음.

평생을 기다려도 다시 찾아올지 모르는 상황에 쉽게 그만둘 수 있을 리가 없다.

풍술과 란은 상호파괴적인 운명이다.

서로가 서로를 원하고, 그 결과 무조건 예정되는 파멸.

"란! 멈춰!"

태양이 마나를 듬뿍 실어 소리쳐 보았지만, 반응은 없었다.
닿지 않은 건지, 무시하는 건지.
"젠장!"
온갖 상념이 태양의 뇌리에 휘몰아쳤다.
무력으로 멈춰 세워야 하나?
멈추지 않아야 하나?
란이 차원 미궁에 들어온 이유는 풍술의 끝을 보기 위해서다.
권능이 완성되는 순간 란은 죽는다.
그것 하나는 확실하다.
하지만 란 본인이 그것을 모를 리는 없다.
만약 란이 원하는 거라면 간섭해서는 안 되는 일 아닌가?
란에게 풍술의 끝을 보는 일이 목숨과 맞바꿔도 상관없는 일이라면.
태양에게 간섭할 자격이 있는 걸까.
짧은 상념 끝에 결론을 낸 태양이 짓씹듯이 중얼거렸다.
"X까."
자유란 애초부터 타인의 권리를 침해해야지만 얻을 수 있다.
내가 하고 싶은 말은 누군가에게는 듣기 싫은 말이고, 내가 에스컬레이터 앞에서 부린 여유는 어떤 이의 지각을 초래한다.
어떤 행위도 모든 사람을 만족시킬 수는 없다.
그리고 내가 원하는 건, 결국 어떤 사람은 원하지 않는 거다.

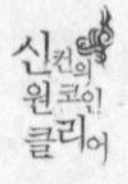

모든 사람은 항상 고민한다.

남에게 피해를 주고 내가 원하는 것을 취할 것인가, 아니면 내가 포기할 것인가.

건강한 삶은 두 선택지의 비중을 올바르게 맞출 때 얻을 수 있다.

그리고 지금, 태양은 란보다 본인을 위한 선택을 내렸다.

태양은 란이 죽지 않기를 원했다.

이 순간, 란이 어떻게 생각하는지보다 그녀의 목숨이 붙어 있는 게 태양에게는 더 중요했다.

터엉.

초월진각.

파생기가 아닌, 온전한 동작으로서 이루어진 스킬화.

아니, 권능.

태양의 발밑에서 뻗어 나온 둥근 파형이 마나 배열을 어그러뜨렸다.

차원 전체에 휘몰아치는 광풍이 태양 주변에만 잠잠해졌다.

스타버스트 하이킥(Starburst High Kick) ― 캐논 폼(Canon Form).

일부러 약간 비켜서 날린 광선이 란의 바람이 단단히 점유한 공간을 찢어 냈다.

태양은 망설임 없이 창출된 공간을 비집고 들어왔다.

마나를 듬뿍 담아 찍어 내린 보폭 덕분에 태양의 신형이 순간 이동을 하는 것처럼 번뜩였다.

가부좌를 튼 채 집중하는 란이 순식간에 가까워졌다.

"크흠."

태양의 입에서 침음이 솟아올랐다.

10m.

강력한 바람의 장막이 란 주위 10m를 휘감고 영역에 침범당한 늑대처럼 으르렁거렸다.

태양은 이 10m는 뚫으려면 어지간한 수고를 곁들여야 한다는 사실을 직감적으로 느꼈다.

무려 초월자의 걸음을 멈춰 세운 것이다.

란의 경지가 그만큼 대단한 건지.

아니 각성하는 과정에만 어떤 상승효과가 일어나는 건지.

"그래. 해보자고."

한 걸음.

태양이 이를 잔뜩 세운 채 위협적으로 휘몰아치는 바람의 장막 사이로 제 몸뚱어리를 집어넣었다.

강력한 저항.

두 걸음.

사지를 썰어 버리겠다는 듯, 날카로운 바람의 칼날이 사방에서 휘몰아친다.

[신룡화(神龍化)]

[플레이어 윤태양의 근육, 눈, 비늘, 심장, 혈액, 뼈가 마왕 발록의

능력치를 얻습니다.]

동작으로 대응하는 대신 마나로 찍어 누른다.

세 걸음. 네 걸음.

발락의 육체로 밀어붙이자 바람이 일순 기세를 잃는다.

태양은 그치지 않고 다시금 진각을 내디뎠다.

초월진각.

터어엉.

거대한 파형이 란의 점유를 흐트린다.

태양은 여기에 그치지 않고 정의행의 오의를 통해 법칙을 비틀어 바람과 란을 강제로 이격했다.

다시 네 걸음.

후우우우욱—.

다섯 걸음.

손 뻗으면 닿을 거리가 되자, 짙은 바람이 란을 감쌌다.

절대로 접촉을 허용하지 않겠다는 단단한 의지가 느껴졌다.

“미안한데, 란. 난 네가 죽는 건 못 보겠거든.”

네가 그걸 죽는다고 생각할진 모르겠지만, 남겨지는 사람 입장에선 확실히 죽는 거란 말이야.

마지막 방벽.

필요한 건 결국 무력이다.

태양이 초월의 경지에 이른 기감으로 견적을 쟀다.

초월 진각에 이은 역천지공 파천.

답을 도출해 내는 건 어렵지 않았지만, 행동으로 옮기는 것은 어려웠다.

힘 조절을 하기엔 바람의 장막이 너무 단단했기 때문이다.

게다가 한 치의 오차라도 있으면 란이 그대로 곤죽이 되어버릴 테니 정교한 계산이 필요했다.

콰득, 콰득, 콰득.

역순으로 비집고 들어오는 마나가 마나 회로를 거칠게 긁었다. 그러자 억지로 긁어내면서 발생하는 마찰이 마나의 탄력을 강제로 끌어 올리고, 힘을 받은 마나는 더욱 힘차게 마나 회로를 긁어냈다.

발바닥부터 끌어 올린 마나가 어깨너머까지 치고 올라올 때쯤엔 말 그대로 쾌속 질주 중이다.

태양의 정교한 마나 컨트롤이 제멋대로 튀어 나가려는 마나를 붙잡았다.

'여기까진 성공.'

이윽고 태양의 팔이 내뻗어지려는 순간.

"태양, 안 돼."

란의 입술이 달싹였다.

파아아앙–.

태산도 짓뭉개 버릴 용력이 허공에 비산했다.

“하아.”

태양이 한숨을 내쉬었다.

맞다.

안 되는 게 맞다.

란의 목숨을 생각하면 아닌데.

태양은 마지막에 방향을 틀어 버리고 말았다.

“젠장.”

그리고, 늦었다.

바람이 란의 영혼을 잡아먹기 시작했다.

살릴 방법은 없나.

아무리 뒤져도 없다.

살리기 위해선 란의 영혼이 권능에 버금가는 질량을 가져야 하는데, 그게 바로 신성이다.

신성이 없는 이상…….

“아니지.”

신성.

있다.

누구에게?

태양에게.

일순간 뇌리에 스친 방법에 태양의 등골에 소름이 돋았다.

이 시점에 태양이 란의 몸에 신성 조각을 집어 넣어 주면, 풍술이 권능이 되는 과정은 온전히 란이 초월하는 과정으로 뒤바뀔 터.

문제는…… 신성을 쪼개야 한다는 것.

가능성이 있다는 걸 알면서도 태양은 외면했었다.

왜?

태양의 신성은 한 달짜리다.

단탈리안과 그레모리의 신성과는 연식 자체가 다르다는 이야기다.

그들이 수십, 수백 개의 권능을 먹여 신성을 키울 동안 태양은 아직 잉태되지도 않았었다.

태양이 제 손을 내려다보았다.

쪼갤 수 있을까.

성공만 한다면, 란의 초월은 확실하다.

꿀꺽.

태양의 목울대가 커다랗게 꿀렁였다.

사지가 처참하게 분해된 우왕의 살점이 제단 곳곳에 흩날렸다.

사왕은 허리가 끊어진 채 바닥에서 꿈틀거렸다.

"후."

"휴우."

살로몬과 란은 누가 먼저랄 것도 없이 왕의 수급을 취했다.

그것이 육마두존의 유적, 수호신수를 불러오기 위한 조건이었기 때문이다.

"빠르군."

"그쪽도."

터업.

왕 둘의 머리를 제단에 바치니, 제단 중앙에 성스러운 스포트라이트가 내려왔다.

이윽고, 성인 남자 상반신만 한 커다란 알이 나타났다.

두 플레이어가 동시에 눈썹을 들썩였다.

분명 2개의 머리를 마쳤건만.

나타난 알은 아무리 봐도 1개다.

"……."

살로몬이 메시아를 바라봤다.

메시아 역시 살로몬을 바라봤다.

저도 모르게 서로 눈치를 보고 있었다.

이미 차원 미궁에 식민지가 되어 버린 살로몬의 차원.

그리고 차원 미궁의 식민지가 되지 않기 위해 발버둥 치는 지구.

뭐가 더 중요한가.

누가 우선인가.

살로몬은 솔직히 이야기해서 명확한 답을 내릴 수 없었다.

감정적인 측면에서 보자면 살로몬 본인이 받는 게 맞다고 생각하고 싶지만…… 효율의 측면에서 보자면 이야기는 또 달라지니까.

메시아가 중얼거렸다.

"지금 초월 병기를 만지지 않으면, 다음 기회가 있을까?"

"아마도 아니겠지."

태양의 말에 따르면 적어도 63층, 64층쯤에서는 마왕들과 싸워야 할 가능성이 컸다.

이는 즉, 육마두존 스테이지가 마지막 통합 스테이지라는 뜻이다.

짧은 정적.

탑을 오르며 공유한 경험은 눈빛으로만으로도 교감을 가능케 했다.

먼저 입을 연 건 메시아였다.

"아무리 그래도 네가 하는 게……."

"아니, 메시아. 난 양보를 받고 싶은 게 아니야."

살로몬이 메시아의 말을 끊었다.

"뭐?"

"네 세계의 무게감은 고작 그 정도인가?"

뚱딴지같은 소리에 메시아가 창백한 미간을 접었다.

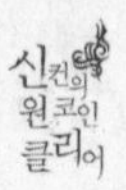

"그게 무슨 소리야?"

"경쟁을 포기하지 말라는 뜻이다."

치익.

짧은 순간 담배를 꺼내 문 살로몬이 라이터에 불을 붙였다.

"누가 더 초월에 가까운지, 검증이 필요해."

"검증?"

객관적으로 살로몬이 더 쓸모 있는 전력인 건 맞다.

스모크 매직을 이용한 공간 관련 기술은 범용성에서 권능에 버금가니까.

하지만 메시아는 어떤가.

메시아는 살로몬에 비해 떨어지는 플레이어인가?

살로몬은 그렇게 생각하지 않았다.

특히 흡혈귀가 되고 난 이후 메시아의 성장 속도는 란과 살로몬을 능가했다.

보이지 않는 곳에서 가장 고된 일을 하는 플레이어.

살로몬의 시선에서 보는 메시아는 그런 존재였다.

같이 전투하다 보면, 알기 싫어도 알게 됐다.

"난 네가 스스로를 너무 과소평가한다고 생각하거든."

살로몬이 보기에 메시아는 그와 동급.

혹은 그 이상이다.

"지금…… 우리 둘이 위아래를 겨루자는 이야기인가? 이 시점에? 이 자리에서?"

"하루 밤낮 싸우자는 이야기는 아니야."

말 그대로 누가 더 초월에 가까운가.

누가 더 고점이 높은가.

그것만 확인하면 될 일이다.

"세 합."

전력을 다한 마법 세 번.

혹은 스킬 세 번.

그거면 충분하다.

라이트 브레이크(Light Break).

제단 안에 들어찬 빛이 유리 깨지듯 바스러진다.

동시에 침묵으로 잦아들었다.

적막한 어둠.

새빨갛게 충혈된 메시아의 동공이 어둠 너머를 직시한다.

인간에게 어둠은 미지의 괴물이 도사리는 공포의 온상이다.

그렇기에 인간은 벽을 세우고 지붕으로 천장을 막아 바깥의 침입을 상하전후좌우(上下前後左右)로 차단하고 나서야 편안하게 밤을 보낸다.

"쓰읍."

살로몬은 눈을 감은 채 강하게 숨을 들이쉬었다.

완연한 어둠.

시각은 제 기능을 잃었고, 살로몬이 믿을 것은 연기가 물어오는 마나 파장뿐이다.

마치 초음파를 뿜어 사위를 인식하는 박쥐처럼 사방으로 마나 파장을 뿜어 나가는 살로몬의 연기.

무언가를 인식한 살로몬이 오른손을 강하게 쥐었다.

꽈악.

우득, 우득, 우득.

큰 소리는 나지 않았다.

안개화한 매시아의 여물지 못한 신체가 사정없이 찌그러졌다.

간신히 인간 형태를 취한 메시아가 입술을 달싹였다.

재생.

흡혈귀화한 이후 처음으로 깨닫고 해 낸 스킬화.

마치 시간이 역행하는 것처럼 찢어진 살갗이 아물고 부러진 뼈가 붙었다.

동시에 살로몬이 연기에 몸을 맡겼다.

스모크 게이트가 살로몬을 휘감은 동시에 그가 서 있던 공간이 빠그라진다.

카드드드득.

메시아의 염력이다.

"이런. 정말 죽일 작정이야?"

"너는 아니었던 것처럼 말하는군."

아무것도 보이지 않았지만, 메시아 특유의 눈빛과 입매가 선연히 그려진다.

픽 웃은 살로몬이 말을 이었다.

“아직 이름은 안 정했어. 얼마 전에 개발한, 나만의 오리지널 마법이거든.”

피투성이의 메시아가 이마를 훔치며 건조한 목소리로 대답했다.

“오리지널이라. 궁금하군.”

“뱀파이어 킬러로 할까 생각 중이야. 네가 쓰러진다면 말이지.”

킥하고 웃은 살로몬의 바쁘게 움직이던 양손이 꽈악, 주먹을 쥐었다.

살로몬의 마나를 잔뜩 머금은 안개가 찐득하게 메시아의 살갗에 달라붙었다.

“콘셉트는 속박이야.”

모든 것을 옥죈다.

육체, 마나, 감각 그리고 정신까지.

꾸우우우우욱.

정강이를 붙잡은 연기.

메시아는 안개화하지 못했다.

살로몬의 강력한 마나 지배력은 안개화한 메시아의 신체마저 점유했다.

완벽하게 결박당한 사지.

꽈드드드득.

부서진다.

그리고, 재생한다.

태양이나 다른 플레이어였다면 이것은 초인적인 인내력을 때려 박아 버텨 내는 인간 규격 외의 미친놈이 하는 짓이라고 봐야겠지만, 메시아에게는 아니었다.

그저 통각이 없기에 할 수 있는 기행.

메시아는 목에서 끓어오르는 피를 억지로 억누르며 염동을 조작했다.

우드득.

팔이, 다리가, 흉부와 둔부가.

실시간으로 박살 나는 동시에 재생한다.

근육 조직이 신체를 움직이는 게 아니라, 염력이 억지로 신체를 움직인다.

메시아의 신체는 마치 인형처럼 부자연스럽게 움직였다.

공포 영화에 더 가까운 모양새.

한 걸음.

두 걸음.

기어코 살로몬 앞에 도달한다.

콰드드드드득.

뻗어 내는 오른손 역시 부서지는 동시에 재생한다.

염력이 오른손의 형태를 강제로 고정시키고, 살로몬의 목 위에 놓였다.

"더 하겠나?"

살로몬의 눈동자가 설핏 떨렸다.

살로몬이 뇌리 한편에 가지고 있던 가설이 맞아떨어지는 순간이었다.

"졌다."

가벼운 진동이 일던 메시아의 손이 떨림을 멈췄다.

살로몬이 나간 후, 다리에 힘이 풀린 메시아가 반쯤 널브러진 채 제단을 살폈다.

"퀘엑."

목구멍에서 신물이 올라왔다.

육체야 회복했다지만, 정신 역시 온전한 건 아니었다.

마취된 신체가 실시간으로 부러지고, 재생되는 동시에 다시 부러지는 감각은 소름끼치기 그지없었다.

고개를 턴 메시아가 다시 제단 중앙에 시선을 고정했다.

성인 상반신만 한 거대한 알.

어떻게 해야 하는 것일까.

설명서 같은 게 있어서 사용법이 나와 있었다면 좋겠지만, 차원 미궁은 그렇게 친절한 장소가 아니다.

하나 메시아는 깊게 고민하지 않았다.

이런 애매한 경우 답은 거의 비슷하다.

업적이 15개 생기면 차원 미궁은 지구인에게 마나 인지 감각을 넘겨준다.

마나.

과학으로 검증되지 않은 초월적인 에너지.

신비의 기원인 동시에 총체.

우웅.

알에 마나를 밀어 넣자, 결과가 곧장 나타났다.

쩌저저저적.

순식간에 금이 가는 알.

"엇."

메시아가 채 단말마를 내기도 전에, 한 생명체가 자신의 세계를 깨고 나타났다.

생명체를 본 메시아의 눈썹이 다이내믹하게 휘었다.

"이게 무슨."

소의 머리.

호랑이의 몸통.

토끼의 귀.

뱀의 꼬리.

닭의 날개와 원숭이의 다리.

기괴하기 짝이 없는 생명체였다.

신수의 새끼로 추정되는 동물은, 메시아를 보고 아가리를 열었다.

음머어어어어-.

소의 머리를 하고 있기에, 울음소리는 소를 닮은 듯했다.

신수가 메시아에게 머리를 들이밀었다.

메시아의 창백한 손이 신수의 머리에 닿는 순간.

털썩.

메시아의 동체가 바닥에 떨어졌다.

바람은 자연이고, 자연은 세계다.

그리고 풍술은 바람을 다루는 방법이다.

크게 보자면 풍술은 세계를 제 손으로 주무르는, 신의 영역에 도전하는 기술이다. 그러므로 풍술을 극한으로 연마하면 신선이 되는 것이 당연하다.

신의 영역에 다다른 권능은 육체가 담을 수 없는 법.

짧은 시간 급격하게 성장한 란의 권능 역시 육체라는 그릇에 담기에 심히 비대해져 있었다.

그렇기에 란은 생각했다.

'육체를 포기한다.'

육체를 잃는다.

다르게 이야기하면 인간으로서 생을 마감한다는 뜻이다.

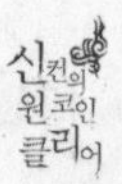

란은 그 사실을 명확히 인지하면서도 아무런 망설임 없이 육체를 버릴 결심을 했다.

그녀의 정신이 육체와 같은 수준에 머물러 있었다면.

인연과 경험, 감정에 휩쓸리는 수준이었다면 할 수 없었을 생각.

하지만 급격히 확장된 감각은 란의 정신을 한 단계 위로 끌어올렸다.

속세의 인연은 한낱 짧은 생에 관련된 것일 뿐.

풍술과 함께 초월한 란의 정신은 더 높은 곳으로 향하는 게 옳다는 사실을 알고 있었다.

하지만 안타깝게도, 란이 모르는 사실이 있었다.

지금 그녀가 겪은 각성은 란 본인의 영혼에 해당하는 각성이 아니었다.

그녀의 영혼은 초월하기에 격이 아직 한참이나 부족하다.

하나 선대부터 몇 십 대를 이어 온 풍술이 각성할 때 편승함으로써 일시적으로 각성 효과를 누렸다.

란의 잘못은 아니다.

그것을 느낄 수 있다면 그것이 바로 초월자다.

느끼지 못하는 게 당연했다.

'무슨…….'

란의 영혼은 그녀가 인식하기 한참 전에 이미 한계에 봉착했던 것이다.

쨍그랑.

무언가 깨지는 소리가 란의 뇌리 한편에서 들려오고.

후우우욱.

감각의 확장이 급격했던 만큼, 쪼그라드는 정신이 명확히 대비된다.

지면, 해수면, 들, 산, 바다, 대기권, 성층권을 고루 인지하던 감각이 일순간에 꺼진다.

풍술은 권능이 되어 초월의 별로 치솟아 다가가건만, 추락하는 란의 영혼은 팔을 제대로 내뻗어 보지도 못한 채 그것을 관망만 한다.

정말로 안타까운 것은, 추락하는 란의 영혼이 갈 곳이 없다는 사실이다.

이미 한참 전에 란 본인이 육체라는 그릇을 버리기로 결정하였음으로.

'이게…… 등선?'

대조사 유월(誘月)을 필두로 등선해 왔던 풍술사 선배들의 말로는 이런 것이었나.

왜?

이게 끝?

어째서?

정말로?

머릿속에 스쳐가는 수십 가지 생각이 끝맺어지지 않은 채 풀

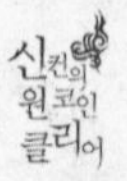

린 실타래처럼 나풀거린다.

생각을 맺어야 할 주체, 란은 이미 아무것도 하지 못한다.

그때였다.

터엉.

커다란 진각이 바람을 흩어낸다.

란의 영혼 대신 자리에 전세를 낸 풍술의 바람이 흔들린다.

"태양. 안 돼……."

육체가 경험에 기반해 제멋대로 입을 열었다.

그에 반응한 태양이 풍술을 멈추기 위해 뻗은 주먹의 방향을 틀었다.

안으로 들어가지도 못하고 육체 주변을 맴돌던 란은 이제 제 소유도 아닌 심장이 쿵 하고 떨어지는 것 같았다.

'태양이 왔다고?'

터엉.

초월한 육체가 마찬가지로 초월한 바람을 억지로 비집고 들어온다.

본인의 육체를 제3자의 시선으로 관측하는 란.

태양이 그녀의 육신을 잡았건만, 아무런 감각도 느껴지지 않는다.

란은.

란의 영혼은 끊어지려고 발악하는 생각을 간신히 이어 갔다.

이해할 수 없다.

란은 이미 태양에게 유의미한 전력이 아닐 텐데.

왜?

란은 간접적으로나마 초월을 경험했다.

그래서 더 처절하게 알 수 있었다.

필멸자와 초월자의 차이를.

고릴라가 들지 못하는 바위는 개미가 도와준다고 해서 들 수 있는 것이 아니다.

개미가 도움이 되려면 한 군집 전체 정도는 와야 한다.

일시적이나마 초월자의 경지에 올라온 란은 그 사실을 알고 있었다.

그러니까.

초월하지 못한 란과 살로몬, 메시아가 아무리 필사적으로 움직인다고 해 봤자 태양을 편하게 만들어 주는 정도에 그친다.

태양이 일행에게 미궁을 올라오는 일을 그만두라고 한 이유는 그토록 직관적이었다.

그러므로 란은 태양에게 이제 쓸모가 없는 존재일 것인데.

태양은 란을 살리려 노력하고 있었다.

"야!"

억지로 란을 부여잡은 태양이 소리를 지른다.

신체의 청각과는 차단되어 있지만, 아직 풍술, 바람과의 연결이 선연한 덕에 들을 수 있었다.

"의식이 아예 없는 거야? 야! 말을 좀 해 봐!"

의식이 없는데 어떻게 말을 하나.

란이 헛웃음을 지었다.

그러자 놀랍게도, 연결이 끊어졌을 것이 분명한 란의 입가가 부드럽게 치켜 올라갔다.

'어?'

"쪼개? 야! 일어나 보라고!"

당연하게도 란은 일어나지 못했다.

그러는 사이 바람은 점점 더 거세지고, 육체에서 너무 오랫동안 배격된 란의 의식이 깜빡거리기 시작했다.

심지를 잃은 촛불이 꺼지듯, 란의 영혼이 꺼지려는 전조였다.

초월의 위계에 접어든 태양 역시 감각으로 그 사실을 인지했다.

"젠장."

신성을 쪼개는 것.

받아본 적은 있으나 해 본 적은 없다.

그런 만큼 받았을 때와 최대한 비슷한 환경을 만들어 두고 싶었는데, 란이 깨어나지 않으니 시작부터 엇나갔다.

하지만 이제는 시간이 없다.

란의 혼이 꺼져갈뿐더러, 사방에서 휘몰아치는 바람에 한정없이 버티기 위해서 펼친 신룡화가 게걸스럽게 마나를 잡아먹었기 때문이다.

란의 혼이 최후의 점멸을 반복하고 있을 태양이 눈을 감고 정신을 집중했다.

'결국 내 마지막은 이 남자의 품 안에서…….'

복잡한 감정.

하지만 어려운 생각의 가지를 모조리 쳐 내고 좋으냐 싫으냐를 따진다면…….

좋다.

라고 생각한 순간.

'……!'

란이 제 시야를 의심했다.

태양이 의식을 잃은 란에게 입을 맞추고 있었다.

아무런 감각도 느껴지지 않았지만, 아니, 느껴지지 않는다고 해서 아무렇지 않게 되는 건 아니다.

'지금 이게 무슨……!'

입을 뗀 태양이 란을 직시했다.

란의 육체가 아니라, 영혼이 위치한 곳을.

"벌써 거기까지……!"

태양이 내뻗은 팔이 고무처럼 늘어난다.

팔은 늘어나지 않았으나, 마나가 늘어나서 란의 영혼을 잡아챘다.

란이 사실을 인식한 순간.

두근.

란의 가슴에서 박동이 울렸다.

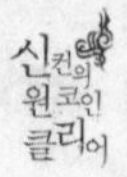

그것은 생명의 흔적.

심장이 몸 곳곳에 혈액을 내보내기 위해 운동을 하고 있다는 증거.

"허어어억."

초월의 벽을 뚫고 업적의 위에 오른 풍술.

풍술이 잠시 점유했던 란의 육체가 다시 원주인의 지배 아래 놓이고, 제멋대로 날뛰던 풍술 역시 란에 의해 갈무리된다.

깊게 숨을 들이쉰 란이 사슴같이 커다랗게 눈을 떴다.

태양의 탄탄한 품속에서.

태양이 씨익 웃었다.

"일어났네."

음머어어어어.

허리에 머리를 비벼 대는 신수 덕에 메시아는 정신을 차렸다.

자리에서 일어난 메시아를 신수가 초롱초롱한 눈으로 메시아를 올려다보고 있었다.

"나가라는 뜻이냐."

고개를 주억거리는 새끼 신수.

"신기하단 말이지."

스테이지에서 나타나는 여섯 동물을 뒤섞어 놓은 형체와 어울리지 않게도 수호 신수는 순수 그 자체였다.

소를 더 소답게.

뱀을 더 뱀답게.

원숭이를 더 원숭이답게.

마수에 가까워지는 여섯 종류의 동물들이 동물이라는 분류 아래 있도록 도와주는 존재가 바로 신수였다.

즉, 신수는 자신의 본모습이 어떤 모습인지 자각하게 도와주는 존재였다.

그리고 그 특성은 플레이어들에게도 마찬가지로 적용됐다.

메시아가 기절해 있는 사이, 그의 정신에 간섭한 수호 신수는 메시아의 영혼에 가장 잘 어울리는 길이 무엇인지를 알려줬다.

인간이라는 존재의 순수한 기원.

차원 미궁에 들어와 플레이어로 기능하며 성장한 메시아의 모습.

흡혈귀화를 통해 어그러진 현재 영혼의 상태.

수복 혹은 교정이 필요한 부분.

가장 효율적으로 사용할 수 있는 에너지의 파장.

애프터 아포칼립스가 억지로 초월 지경을 경험시켜 주는 유적이었다면, 수호신수는 플레이어가 스스로를 관조하여 자신이 걸어야 할 길이 어떤 방향인지 스스로 깨닫게 해 주는 종류의 유적이었다.

역시 애프터 아포칼립스와 마찬가지로 자격이 있다면 마땅히 초월을 할 정도의 일깨움이나, 자격이 없다면 기분 좋은 성장으로 마무리될 법한 수준의 성장 자원이었고.

"……."

그리고, 메시아는 그 가르침 끝에 신성을 개화하지 못했다.

음머어어어.

수호신수가 메시아를 바라보며 길게 울음을 뽑았다.

당신이 만족하지 못함을 알고 있다는 듯.

하지만 당장 해결할 수는 없다는 듯.

그 해결 방법은 당신 스스로가 가장 잘 알고 있지 않냐는 듯한.

그런 울음.

말도 아닌 짐승의 울음소리가 이토록 디테일하게 뜻을 전달하는 게 신기할 법도 하건만, 메시아는 한참을 붙박듯이 서서 수호신수를 바라봤다.

푸릉, 푸릉.

작게 콧김을 불며 불만을 표하는 수호신수.

역시 신수의 생각이 읽힌다.

나는 당신에게 해 줄 수 있는 모든 것을 다 해 줬다.

이쯤에서 포기하라.

"아니."

메시아가 중얼거렸다.

"난…… 성과를 얻어 가야 해."

수호신수가 알려 준 메시아가 걸어가야 할 길은 명확했다.

흡혈귀의 특성을 수련하여야 한다.

안개화와 재생, 흡혈을 종족 특유의 스킬이 아니라 '스킬화', 스스로 해낼 수 있는 경지에 올라서야 한다.

그렇게 흡혈귀로 완벽하게 탈바꿈과 최적화를 마친 다음은 염동이다.

염동.

비인간인 흡혈귀와 초능력자의 능력인 염동은 꽤나 파장이 잘 맞는 기술이다.

지금은 카드의 힘을 빌려 사용하고 있는 스킬인 염동을 자기화하여 '스킬화' 수준에 오를 정도로 갈고 닦아 초월의 위를 노려보는 게 메시아가 걸어야 할 길이었다.

하지만, 너무 멀다.

결전은 가까이에 있다.

수호신수가 보여 준 방법은 5년, 아니 아무리 희망적으로 가정하더라도 1년은 족히 걸린다.

태양 일행에게 남아 있는 시간은 한 달이 채 되지 않는다.

지금의 경험은 메시아에게 없는 성과나 다름없었다.

"그래서는 안 돼."

메시아 본인을 위해서도.

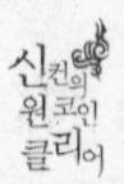

그리고 그를 위해 순순히 승부에 승복하고 메시아에게 경험을 양보한 살로몬을 위해서도.

덥썩.

메시아가 수호신수를 잡았다.

음머어어어어어!

거칠게 바동거리는 수호신수.

하나 여섯 동물의 특성을 고루 가진 이 동물은 아직 새끼의 태에서 벗어나지 못했다.

"여기서 포기할 수는…… 없어."

메시아의 선택지는 한 가지 더 있었다.

더없이 흡혈귀스러운 방식의 선택지.

음머어어어어어!

메시아의 의도를 깨달은 수호신수가 거칠게 몸을 비틀었다.

하나 새끼에 불과한 수호신수의 몸부림은 메시아의 손아귀를 벗어나기에는 턱없이 미약했다.

으드득.

그 어떤 존재보다 순수한 존재의 목에, 메시아가 이를 박아 넣었다.

63층, 심판 유예(Judgement Moratorium) 스테이지.

스테이지 보스, 심판의 군주 후키가 뇌전의 창을 쥔 채 하늘에서 내려온다.

아그리파 1번대 대장, 라빈의 옆에 선 기사 한 명이 목소리를 낮춘 채 중얼거렸다.

"부대장님. 이번에는 몇 시간이나 걸릴 것 같습니까?"

"시간은 무슨. 분 단위로 끊는 거 아니야?"

"에이. 분은 너무 빠르지 않습니까? 아무리 그래도 보스인데."

"내기할래?"

"……바이탈, 울릭. 정숙하십시오."

라빈의 낮은 목소리에 두 기사가 합하고 입을 다물었다.

"아그리파가 맡은 전열이 뚫리기라도 하면 둘은 얼차려입니다."

"……넵."

"넵."

꽈르르르릉.

마치 신이 지상에 강림하는 듯 웅장한 장면이건만, 그를 올려다보는 플레이어들의 얼굴에는 긴장감이 없다.

라빈에게 경고를 들은 바이탈과 울릭 역시, 얼차려를 예고받았음에도 얼굴에 여유가 넘친다.

전열이 뚫릴 가능성이 0에 수렴한다는 사실을 알고 있기 때문이다.

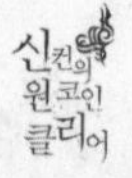

그럴 수밖에.

플레이어 최강의 전력이자 플레이어 최초로 초월의 벽을 깬 윤태양.

태양 하나만으로도 자신감이 넘칠 이유는 충분한데, 심지어 지금은 더 했다.

지나친 성장 덕에 폭주한 풍술을 성공적으로 갈무리하고 최전선에 나타난 란.

초월 병기를 먹어 치운다는 사상 초유의 해괴한 짓거리로 성장을 이룬 메시아.

피 튀기는 번개와 아그리파 기사단장 카인, 유리 막시모프.

그리고 최근 들어 말이 안 될 정도로 가파른 성장을 거듭하는 살로몬 아크랩터까지.

최전선에 모인 플레이어들의 무력은 단연코 역대 최강이었다. 거기에 새로운 강자로 떠오른 두 플레이어, 메시아와 란은 태양과 같이 미궁을 오른 플레이어인 터.

시너지를 생각해 보면 단순히 강력한 전력 둘이 충원된 것 이상의 효과를 보일 게 분명했다.

"생각보다 빨리 올라와서 다행이야. 둘 다. 놓고 갈 뻔했는데 말이지. 음. 나는 먼저 나서지는 않을게 둘이 잡아 봐. 실력도 볼 겸."

메시아가 가볍게 코웃음을 치고, 란은 말 대신 태양을 힐긋 힐긋 바라봤다.

태양이 란을 구해 준 이후, 둘은 제대로 된 대화를 하지 못했다.

무려 권능의 위에 달한 풍술이 몸을 헤집었으니만큼, 바람의 정령왕을 상대했을 때보다 더 신체에 무리가 갔던 터라 요양이 필요했기 때문이다.

물론, 란이 태양을 의식하느라 제대로 된 말을 붙이지 못했던 탓도 있었다.

태양은 전혀 신경 쓰지 않는 기색이었지만.

아니, 신경 쓰지 않는 게 맞나?

"태양."

"응?"

"저번에 그건……."

"뭐가?"

태양이 반사적으로 말을 끊는다.

표정은…… 아주 그냥 순수하다.

아무것도 모르는 것처럼.

"그, 내가 폭주할 때."

"폭주할 때? 뭐?"

란이 뚱한 표정으로 입을 닫았다.

전혀 모르는 척.

이 악물고 모르는 척.

란이 말을 걸 때마다 어색하기 짝이 없게 빨리 대답하는 주제에, 태양은 끝까지 아무것도 모르는 것처럼 행동하고 있었다.

사실, 그의 행동에 관해 란도 나름대로 결론을 내리고는 있었다.

당시 란에게는 의식이 없었고, 본 사람도 없었다.

태양은 본인만 모른 척하면 아무도 모를 거라고 생각하는 거다. 그런데 또 본인은 찔려서 저렇게 어색하게 반응하는 거고.

거기까지 생각이 치달으니 괜히 또 열이 받는다.

"이익."

"응?"

퍼억!

란이 태양의 정강이를 걷어찼다.

"아! 이게 미쳤나."

퍼억!

"악! 야! 이거 아직 다 안 나았나? 갑자기 왜 이래?"

"나았거든?"

"정신이 안 나은 거 같은…… 야! 똑같은 데는 너무한 거 아니냐고!"

—…….

"야! 야! 저기 온다! 저거부터! 저기 창 떨어진다! 번개!"

현혜는 입을 닫은 가운데, 란의 반응에 채팅 창이 좌르륵 내려간다.

—뭐냐.

—알고 있는 거 아니냐?

—ㄷㄷ 성추행 들켰네.

—윤태양 감옥 감?

—뭔 성추행이야. 윤태양 피셜 인공호흡이었음.

—안 했으면 죽었다구~.

—실신했는데 어케 암. 말이 안 되는데.

—근데 란은 그럼 왜 부끄러워 하냐.

—사실 실신 안 한 거 아님?

—하…… 부럽다.

—윤태양이?

—란이. 윤태양이랑 키스도 하네.

—ㄷㄷ.

풍술이 격을 넘는 과정에서 쟁취해 낸 란의 초월.

그리고 초월 병기 수호신수를 통한 메시아의 초월.

사건의 밀도는 깊었지만, 시간은 오래 지나지 않았다.

태양은 일행을 규합하여 다시금 빠르게 미궁을 올랐다.

여기까지 걸린 시간은 대략 2주.

애당초 계획했던 것보다 1주나 빠르게, 다르게 말하자면 급하게 올라왔다.

그 이면에는 그레모리가 있었다.

신탁의 형태로 올라온 그레모리가 태양에게 빠른 클리어를 종용했기 때문이다.

꽈르르르릉.

번개창을 들고 나타난 심판의 군주에게 자연적으로 일어난 번개가 내려다 꽂힌다.

수십 가닥이나.

셋의 합작 스킬이다.

전에는 적어도 소요되는 시간이 길었는데 이제 날씨를 떡 주무르듯이 할 수 있게 되어 버린 란 덕분에 거의 즉발로 발현되는 느낌이었다.

"잘하네."

-그래서. 64층은 나머지 사람들 안 데려가려고?

"그래. 지금도 뭐. 딱히 하는 것도 없잖아."

아그리파 기사단을 위시한 인간 진영 플레이어들과 오크 진영 플레이어들이 만든 전열.

여유롭기 그지없다. 아예 도움이 안 된다고 할 수는 없겠지만, 64층은 마왕을 마주할 가능성이 큰 전장이다.

"데려가는 건 마왕에게 후원받은 플레이어들 정도."

신성도, 초월의 가능성도 없는 플레이어들이 마왕을 상대로 할 수 있는 건 없다.

태양이 생각하기에 마왕을 상대할 수 있는 최소한의 마지노선은, 후원자들이었다.

최소한 신성의 편린이라도 가지고 있어야 초월자들에게 저항할 수 있을 테니까.

오크들이야 이런 방면에서 설득할 명분도 없고 자신도 없다.

심지어 태양에게는 그들을 설득해야 할 이유도 없으니 그냥 포기한다 치겠지만, 인간 진영에서 쓸데없는 희생자가 나오는 건 용납할 수 없었다.

-그어어어어.

심판의 군주 후키의 사지가 허공에서 사방으로 뜯어져 나간다.

그를 보는 플레이어들의 얼굴에 경악이 깃들었다.

초월에 관한 개념이 없는 플레이어들 처지에서 란과 메시아의 강함은 이해가 되지 않는 수준이었기 때문이다.

태양은 이 개념을 잘 설명해서 플레이어를 설득할 생각이었다.

"그럼…… 쩝. 잘할 수 있으려나 모르겠네."

태양이 뒤통수를 긁으며 중앙으로 나아갔다.

그레모리는 수정구를 바라보았다.

태양은 제 신성을 쪼갰고, 란은 초월자로 각성했다.

그리고 심지어 신성을 내준 플레이어 중 하나, 메시아 역시 초월자로 각성했다.

또 다른 초월자의 탄생.

그레모리가 노렸던 의표이자, 플레이어들이 가질 수 있는 가장 긍정적인 카드다. 하나 태양이 제 신성을 쪼갰음으로, 전력 손실을 피할 수는 없을 거다.

'이게…… 옳은 건가?'

단탈리안의 치밀한 계획 속에서 이 사실이 어떤 변수로 작용할 것인가.

존재 하나하나의 능력을 골수까지 빨아올리는 게 단탈리안의 지휘다.

태양의 깎인 무력이 어떻게 작용할 것인가.

그레모리는 고민할 수밖에 없었다.

그녀는 태양 일행이 단탈리안의 흉계를 잘 헤쳐 나갔으면 하는 의도로 신성을 쪼개 줬었다.

그런데 란이 초월자가 되었다는 사실을 단탈리안에게 보고하면 단탈리안은 실시간으로 계획을 수정할 게 분명했다.

그레모리가 신성을 쪼개 준 이유도 흐려진다.

"휴."

내쉬는 한숨은 그녀의 고민을 절반도 반응하지 못하고 산뜻하게 흩어졌다.

그레모리의 고민은 깊어만 갔다.

단탈리안 플랜

통합 쉼터.

64층으로 향하는 게이트 앞에서 태양은 플레이어들을 불러 모았다.

“왜 불러 모았대?”

“몰라. 위에서 아무 말도 없던데. 다른 쪽에선 뭐 나돈 이야기 없어?”

“창천 출신 플레이어들 빼고 간다는 소문이 있어. 아무래도 전적이 있다 보니까?”

“에이. 그건 너무 갔다. 천문 물갈이하면서 친 윤태양파만 살아남은 거 몰라? 윤태양이 왜 자기 말 들어주는 친구들을 자르고 가냐.”

"물어보기에 대답해 줬더니……."

"말이 되는 소리를 해야지. 요즘 층 뚫리는 속도 몰라? 고사리손이라도 아쉬울 판에."

두 플레이어를 제외하고도 게이트 앞에 모인 수많은 플레이어가 서로 제각각의 추측을 들먹이며 태양을 바라봤다.

하나 제각각 떠드는 플레이어들 사이에 공통점이 있었다.

태양을 바라보는 눈동자에 가득한 신뢰.

그럴 수밖에 없었다.

결과로 입증했기 때문이다.

태양이 차원 미궁에 입궁해 55층까지 오를 동안 엘프, 오크, 인간 진영의 플레이어는 단 한 층도 오르지 못했다.

반면 태양을 최전선에 오르는 동시에 세 진영을 휘어잡고, 순식간에 8개의 층을 돌파했다.

차원 미궁을 감옥으로 여기는 이들도, 도전의 장으로 여기는 이들도.

가리지 않고 태양에게 열광할 수밖에 없었다.

그들도 알고 있다.

차원 미궁이 내건 모든 것에 대한 해답은 태양이 가져갈 것이다. 하지만 그렇다고 나머지 플레이어들이 아무것도 얻지 못하는 건 아니었다.

귀환.

차원 미궁을 클리어하고, 시스템이 보조한 자신의 능력치는

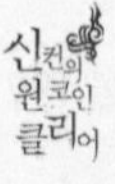

변하지 않는다.

지구에서도 그랬지만, 다른 차원에서도 공인된 사실이다.

비록 지구인만큼 엄청난 파급력을 가지고 있지 않겠지만, 어쩌면 더 많은 혜택을 가져가는 건 다른 차원의 사람들이었다.

지구는 법이라는 제도 아래 무력이 묶이는 세상이지만, 창천과 에덴은 그렇지 않았기에.

심지어 태양이 어거지로 뚫어 주는 차원에서 목숨을 걸지도 않고 손쉽게 업적과 아티팩트를 채굴한다.

구조적으로 태양을 싫어할 수가 없는 것이다.

차원 미궁을 삶의 터전으로 여겨 왔던 극소수의 사람들만이 태양이 박아 넣은 정복의 깃발을 보며 오들오들 떨 뿐이었다.

신뢰 가득한 눈동자 수백 쌍을 앞에 둔 태양이 꿀꺽, 넘어가지도 않는 침을 억지로 삼켰다.

'영 어색하구만.'

태양은 스스로 생각하기에 무대 체질은 아니었다.

정확히 따지자면 사람들 앞에서 말하는 게 익숙하지 않았다.

킹 오브 피스트와 같이 무언가 몰입할 거리가 있다면 그들을 상관하지 않을 수는 있겠지만, 지금은 아니다.

"크흠."

웅성거리던 장내가 일순 조용해졌다.

힘깨나 주고 다니던 고위 클랜의 간부도, 내일 죽어도 상관없을 것처럼 머리를 디밀고 다니는 용병도.

태양이 입을 여는 순간 온전히 그에게 집중했다.

태양은 그를 보며 생각했다.

그들이 태양을 이렇게 대우해 주는 이유가 무엇일까.

단순히 강해서?

인성이 좋아서?

아니다.

그동안 플레이어들이 전전긍긍하던 기록을 시원하게 뚫어 줘서?

그들이 못한 일을 해낸 것에 대한 예우?

아니다.

단지, 수정들의 입에 이득을 물려주기 때문이다. 그리고 태양은 지금, 그와 완전히 반대되는 이야기를 할 생각이었다.

과연 이들이 어떻게 반응할까.

궁금한 동시에 딱히 알고 싶지 않다.

확실한 거 하나는, 엄청 귀찮아질 거라는 사실.

"간단하게 얘기하죠. 제가 굳이 당신들을 모은 이유 말입니다."

쿠웅.

자연스럽게 뻗어 나오는 기파(氣波)가 플레이어들을 짓눌렀다.

그 무거운 기운에 몇몇 플레이어의 얼굴에 주름이 지기 시작했다.

태양이 뒷주머니에서 꼬깃꼬깃해진 종이를 꺼냈다.

이름들.

외우려고 했는데 못 외웠다.

사실 외우기는 했는데 까먹었다.

"아그리파 기사단장 카인. 그리고 우리 클랜장님, 유리 막시모프. 위치스 클랜장, 미네르바."

갑작스런 이름의 나열에 사람들이 태양의 뜻을 알기 위해 신경을 곤두세웠다.

"천문의 '전' 장문 허공, 그리고 마리아나 수도회의 아넬카 팔라딘……. 둘은 아쉽게 됐습니다. 사망하였으니."

"……."

"그리고 셋 추가하겠습니다. 마법사 살로몬, 흡혈귀 메시아. 그리고 풍술사 란."

태양이 일부러 마나를 줄기줄기 뿜어냈다.

하나둘 고개를 꺾고 제 발끝을 쳐다보는 플레이어들이 생겨나기 시작했다.

그들은 생각했다.

무력을 과시하며 하는 말.

그 의도는 무엇일 것인가.

"이름이 불리지 못한 플레이어들은."

"……."

"저와 함께 가지 못합니다."

정적이 감돈다.

태양이 말을 꺼냈을 때 생겼던 정적과는 결이 다르다.

그때의 정적은 태양이 또 어떤 이득을 가져다줄까, 기대하는 마음에 생겨났던 정적이다.

반면 지금의 정적은 부정적인 감정을 어떻게 해소할지 몰라서 생겨난 일시적인 정적이다.

"미안한데 당신들, 더 올라가는 의미가 없습니다. 냉정하게 이야기해서, 당신들은 고기 방패도 못 됩니다."

태양은 말을 하면서도, 이들이 납득하지 못할 거라는 사실을 알았다.

왜?

태양도, 이들도 이미 숙지하고 있던 사실이었으니까.

공짜 업적, 공짜 아티팩트.

이미 안전하게 보상을 취하는 게 얼마나 달콤한지 알아버린 플레이어들은 태양이 그 먹이를 주지 않는다고 했을 때 아이처럼 반발할 수밖에 없다.

사실 애초에 이들을 끌고 올라오지 않았다면 생기지 않았을 반발이다.

'하지만 어쩔 수 없었어.'

상황이 이렇게 귀찮게 될 줄 알았음에도 선택의 여지는 없었다.

당시의 태양은 한 푼의 시간이라도 더 아껴야 했으니까.

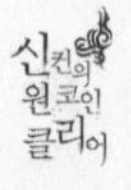

"감당할 수 있나?"

강철 늑대의 부단장.

아니, 실버의 죽음 이후 새로운 강철 늑대의 대장으로 추대된 잉그램이 묵직한 목소리로 묻는다.

동시에 정적이 깨지고, 여기저기서 목소리가 들리기 시작한다.

란과 메시아, 살로몬.

그들이 걸고넘어지는 건 결국 이 셋이었다.

카인과 유리 막시모프는 그렇다 치고, 태양의 일행이었던 이들만 혜택을 보는 그림.

걸고넘어지기 아주 적합한 소재다.

강철늑대의 부단장이 이죽였다.

"다시 묻지. 이들 모두를 감당할 수 있나? 윤태양. 착각하는 것 같은데, 당신이 아무리 강하다고 해도 개인이야……."

잉그램은 무어라 말을 이었지만, 너무 많은 소리에 묻혀 들리지 않았다.

나는 가겠어.

빌어먹을 자식! 힘들 것 같으니까 책임을 회피하려 하는군!

네 공도 크지만, 우리가 협조해서 이렇게 될 수 있었다는 사실을 모르는 거냐?

나도 탑을 오르겠어. 우리가 세 살 배기 어린애야? 할 수 있다고!

뇌리에 꽂히는 수십 마디의 불만들.

사실 여기까지 반쯤 예상했다.

'결국 이빨만 까서 될 사이즈가 아니긴 했거든.'

내가 그 정도로 말을 잘했으면 프로게이머가 아니라 변호사 하고 있었지.

태양이 발을 뻗었다.

스타버스트 하이킥(Starburst High Kick).

빼억.

핏대를 잔뜩 올린 채 침을 튀기며 무언가를 주창하던 남자가 의식을 잃고 나가떨어진다.

동시에, 사위에 세 번째 정적이 깃든다.

첫 번의 정적이 긍정, 두 번째 정적이 부정이었다면, 이번에는 순수한 경악이다.

"어떻게?"

쉼터.

마왕들이 '시스템'적으로 싸움을 막아놓은 공간.

그 법칙을 지금 이 순간, 태양이 깼다.

파직- 파직-.

태양의 발치에서 번개가 타올랐다.

일반적인 플레이어였다면 이 번개에 신체가 타올라서 고통스러운 신음을 흘리고 있었겠지.

차원 미궁을 설계한 마왕, 태양이 추정하기에 아마도 바싸고가 걸어 놓았을 금제다.

“신성. 들어 본 적 있나?”

들어본 적이 있을 리 없다.

후원과 관련된 사안도 극비리에 클랜 고위 간부 몇몇만 비밀을 공유하는 사항이다.

그 몇몇도 전설 등급 카드와 후원, 권능과 신성의 상관관계에 대해서 모르고 있었다.

일반 플레이어들이 알고 있을 리가 없었다는 이야기다.

태양은 다시금 얻어 낸 정적 속에서 이들이 모르던 사실에 관해 나직이 설명했다.

전설 등급 카드, 후원, 권능, 신성, 초월과 마왕까지.

“그래서 신성. 이거에 대항할 수 있는 사람들이 나 포함해서 총 여섯이라는 말이야. 나머지는 위에서 마왕들이랑 싸울 때 아무것도 못 하고 죽는 거라고.”

“…….”

“다르게 말하면, 위층부터는 마왕이랑 싸운다는 이야기야.”

64층부터는 마왕과의 결전이다.

태양은 담담한 얼굴로 사실을 털어놓았다.

“결정해. 여기서 강짜 부리다가 나한테 처맞든지, 아니면 조용히 쉼터에 처박혀 있든지.”

기분이 나쁠 수도 있다는 건 이해하는데.

이 두 가지가 죽는 것보다는 낫잖아.

이해 좀 해 줘라. 친구들.

우르릉.

천지가 진동한다.

바알이 웃었다.

"드디어 나오셨군."

그의 눈앞에 드디어 나타났다.

지금만큼은 그와 같은 계위를 칭한 남자.

초월자를 속여먹는 초월자.

"기다리셨나 봅니다."

"목 빠지는 줄 알았잖아."

소년의 얼굴로 지어내는 천진한 눈웃음.

동공 너머로 비치는 투기가 단탈리안으로 하여금 마주 웃음 짓는 걸 허용하지 않는다.

"긴말은 필요 없겠지요."

단탈리안은 철저한 계획자다.

모든 상황에 대비하고, 준비한 것을 이행한다.

그런 단탈리안의 첫수는 명백히 오랜 시간 준비해 온 것이었다.

만변(萬變).

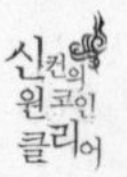

백발 청년의 모습으로. 지팡이를 짚은 노신사의 모습으로.

긴 머리를 아무렇게나 흩날리는 소녀의 모습으로.

단발에 육감적인 몸매를 한 연인의 모습으로.

불만 가득한 소년의 모습으로.

사랑스러운 소녀의 모습으로.

만 명의 단탈리안이 각자의 모습으로 바알 앞에 섰다.

모두가 허구인 동시에 진실한 존재.

하나하나가 단탈리안이면서, 모두를 해치워도 단탈리안은 죽지 않는다.

끝없는 사고의 끝에 존재의 역설에 도달한 학자 단탈리안이 개화해 낸 권능, 만변은 온갖 권능을 경험해 온 마왕들도 치를 떨 정도로 사기적인 권능으로 꼽혔다.

파르르르르르륵.

일만의 단탈리안이 등에서 1만 개의 페이지가 동시에 넘어간다.

그리고 도출되는 1만 개의 마법.

불이 뿜어져 나오고, 바람이 이를 보조한다.

커다랗게 올라오는 염화가 소환된 신목(神木) 부하리를 새하얗게 불태운다.

5개 민족의 피를 섭취하며 자란 부하리에서 피어오르는 연기에서 세계를 멸망시킨 맹독이 고이고, 또 다른 마나가 성배가 되어 독을 머금는다.

머금은 독은 하나의 촉매가 되어 또 다른 세계를 지탱하던 커다란 가마솥 안에 들어가 새로운 마법적 변화를 일으킨다.

하나하나가 시너지를 고려하여 만들어진 1만 개의 마법이 하나의 마법으로 수렴한다.

멸망 징후(滅亡 徵候).

콰드드드드드.

신성이 소멸의 가능성을 감지하여 본능적으로 떨린다.

뇌 역시 죽음을 가늠하고는 신체에 온갖 위기 신호를 보낸다.

바알이 하얗게 웃었다.

"아주 오랜만이야. 이런 기분."

단탈리안이 칭호를 넘어선 기량을 가지고 있음을 모르는 마왕은 없었다.

그리고 바알의 무력이 서열 1위라는 단어로 표현하기에는 부족하다는 사실 역시 모르는 마왕은 없었다.

바알이 물었다.

"그걸로 되겠어?"

꽈드드드드드득.

주먹을 쥐자 공간이 빠그라진다.

숨을 내쉬니 바알의 전면 공간이 통째로 마나 과포화 상태가 되어 영기가 휘몰아친다.

멸망 징후.

세세한 디테일까지 파악하지는 못했지만, 바알이 보기에 이

건 적을 섬멸하기 위해 차원을 통째로 태워 내는 비술이다.

어처구니없을 정도로 비효율적인 권능.

'아니, 그렇잖아.'

세계를 통째로 멸망시켜 봐야 권능을 캐내지도 못한다.

단탈리안 정도 되는 마왕이 도대체 왜, 무슨 이유로 이렇게 무식하기 짝이 없는 마법을 개발했단 말인가.

답은 하나다.

'나를 위해서 그랬단 거잖아.'

이 얼마나 감격스러운 일인가.

단탈리안은 오로지 바알의 목숨을 탈취하기 위해 '권능'을 새로 하나 개발하기까지 한 거다.

어찌 당해 주지 않을 수 있겠나.

"아아, 이런 싸움을 원했다고."

소년의 얼굴에 희열이 깃들었다.

쿠구구구구구구궁.

초거대마법(超巨大魔法), 멸망 징후를 보며 바알을 생각했다.

스테이지 하나만 영향이 가는 수준이 아니다.

단탈리안이 제대로 각을 잡고 만들어 낸 재앙은 이미 전조만으로 차원 미궁 전체에 영향을 줄 정도로 커다랬다.

'이미 일반적인 권능이 아니야.'

'멸망 징후'를 연성하는 과정에서 이미 몇 십 개의 권능이 들어갔다.

권능에 권능을 중첩해 쌓아 올린 마법 폭격.

바알이 입맛을 다셨다.

"대단하긴 하군."

위력을 떠나서, 대상은 아무리 초월자라고 하나 고작 생명체 하나다.

생명체 하나를 잡자고 수십 개의 차원이 겹쳐 있는 차원 미궁이 흔들릴 정도의 마법을 쏘아 대는 배포만큼은 바알도 감탄을 금할 수가 없었다.

"근데…… 내가 정말 끝까지 기다려 줄 거라고 생각한 건 아니지?"

투웅.

바알이 쏘아지는 동시에 완성되어 가던 마법진이 엉망으로 쪼그라든다.

사건의 지평선.

외부의 간섭을 완벽하게 차단하는 주제에 외부에서 일어나는 일을 모조리 빨아들이는 모순덩어리.

구조적으로 가장 완벽한 안티 매직 아머.

블랙홀이 바알의 심부에 생성되었다.

폭발적 팽창.

블랙홀은 초월자의 신성마저도 찌그러트린다.

바알은 화산성(火山星) 오메가의 탄생에서 주운 권능을 통해 끊임없이 쪼그라드는 질량을 감당했다.

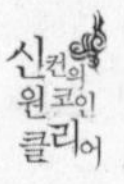

차원의 시작과 멸망 과정에서 관측된 서로 다른 2개의 권능이 바알의 마나를 집어삼키며 끝없는 자가 파괴를 시작했다.

ㄷㄷㄷㄷㄷㄷ.

그 결과는 과다한 에너지의 분출이다.

가치 있는 제물일수록 더 화려하게 타오르는 폭발적인 에너지를 바알은 능숙하게 활용했다.

콰드드득!

단탈리안이 순차적으로 쌓아 가던 '멸망 징후'의 일각이 허망하게 무너져 내린다.

하나.

"부족하다고 생각하지 않습니까?"

"허허, 고작 그런 수로 막을 수 있다고 생각하셨나?"

"부족합니다."

"이런, 이런."

"한참 멀었네~."

…….

1만 명의 단탈리안이 동시에 바알을 조롱한다.

콰드드득, 콰드드득.

손짓, 발짓 한 번마다 형편없이 부서지는 마법.

하나 진행된다.

다리를 부숴도 내려앉지 않고, 허리를 부숴도 무너지지 않았다.

분명 기반을 흔들었건만, 마치 그림을 그리는 것처럼 그것과 상관없이 캐스팅이 진행된다.

상식적이지 않은 현상.

바알은 곧 답을 도출했다.

"차원을 낮췄군."

"정답~."

소년의 형상인 바알의 허리에나 올 듯한 키의 미니 단탈리안이 앙증맞은 팔을 척하고 들어 올리며 대답했다.

"더 정확하게 말하자면 구조를 3차원으로 확장한 다음 2차원으로 눌러 버리는 과정을 거쳤죠. 그러니까 애당초 처음에 막았어야죠. 헤헤."

재앙이 발생하기 전에 29가지 재해가 일어나고, 재해가 일어나기 전에 300가지 사건이 일어난다.

반대로 말하자면, 사건이 300번 일어나지 않으면 29번의 재해, 1번의 재앙 역시 일어나지 않는다는 뜻이다.

단탈리안의 '멸망 징후'는 하인리히의 법칙을 통해 위력을 극대화시킨 주제에 사건을 지워 내도 재앙을 막을 수 없는 구조를 만들어 냈다.

바알이 웃었다.

"영리한 방법이야."

"엣헴!"

"하나……."

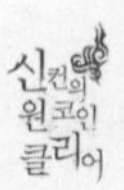

뿌리를 흔드는 것 정도로 막을 수 없다면 기둥을 부수면 된다.

기둥을 부숴도 계속 뻗어 나간다면 가지를.

그렇게 나뭇잎 끝까지 철저하게 부숴 내면 그만이다.

그 나뭇잎 하나하나가 권능으로 이루어진 것들이라 한들…… 바알이 단탈리안에게 권능 숫자가 밀릴 이유가 없다.

죽음을 먹는 뱀.

파괴 가속.

원혼 병기 – 원창(怨唱).

팽창과 수축의 전쟁터가 되어 격렬한 에너지를 내뿜던 바알의 신체에 재생과 파괴의 권능이 깃든다.

바알.

그의 권능은 오로지 본인을 파괴하거나, 강화하는 데에만 쓰인다.

그가 사용하는 건 오로지 '파생된 힘'뿐.

두근.

주변의 공간이 바알의 심장과 동기화하기 시작했다.

한 번 수축할 때마다 따라서 수축하고.

그럴 때마다 따라 팽창한다.

두근, 두근, 두근.

심장박동이 빨라진다.

흰 머리칼을 허리까지 늘어뜨린 소녀, 단탈리안이 입술을 달싹였다.

"피해……."

이미 1만의 마법은 시전이 완료되었다.

시전 시간이 짧은 마법은 진즉에 끝났고, 긴 마법 역시.

하지만 마법의 진척도는 아직 한참이나 남았다.

규모가 큰 마법인 만큼 마법끼리 상호작용하는 시간이 필요했기 때문이다.

진행도는 대략 절반.

바알이 단탈리안의 권능 '멸망 징후'를 하나하나씩 지워 가기 시작했다.

빼엉.

5개의 마법이 결합되어 소환된 신수 키르케의 몸통이 가루가 되어 바스라진다.

경호 마법 '유크라테스 시저'가 바알을 에워싸는 동시에 맥없이 흩어져 내린다.

동시에 흩어진 생명목 가위가 도미노처럼 다른 마법의 단초가 된다.

"이건……."

단탈리안이 초기에 맺어 낸 만 개의 마법이 아니다.

마법을 쌓아 올리는 과정에서 만들어 낸 마나의 흔적이 커다란 마법진을 그리며 또 다른 초거대마법을 형성하고 있었다.

음속을 진작 넘어선 바알의 주먹이 마나가 맺히기도 전에 공간을 지워 냈다.

파파파파파앙!

삽시간에 지워지는 마법진.

하나 이 역시 멸망 징후의 마법을 지워냈을 때와 같다.

애초에 2차원에 예속된 단탈리안의 마법진은 연필로 그려 내는 것처럼 진행을 이어 간다.

바알이 저도 모르게 헛웃음을 내지었다.

권능에 가까운 1만 개의 마법을 조합하여 하나의 대마법을 소환해 내는 것만 해도 얼마나 많은 시간을 갈아 넣었을지 짐작이 되지 않는다.

그런데 거기에 더해 바알의 방해 공작을 대비해 이런 어처구니없는 카운터 마법까지 심었다.

심지어 바알 본인의 행동을 완벽하게 예측해서.

"예언 계열 권능으로도 나를 예측하지는 못할 텐데."

사건의 지평선과 폭발적 팽창의 교차는 바알의 잔여 수명은 1초와 0초를 끊임없이 오가게 만든다.

끊임없이 스스로를 파괴하고 수복하는 게 바알의 특징이었다.

스스로를 끊임없이 죽음의 경계에 두기에 얻어 낸 말도 안 되는 강함.

이는 동시에 운명의 궤도에서 이탈하는 방법이다.

"어떻게 예측했지?"

"운명은 당신을 예측하지 못하지만, 글쎄요. 제가 본 당신은 뻔한 편입니다. 물론 개인적인 평가입니다만."

쿠구구구구구구궁.

'멸망 징후'의 마법진이 빨아들이는 마나에 더해, 카운터 마법 '차원절단첨단화극(次元切斷尖端畵戟) - 무명여신의 하사품'까지.

두 초거대마법(超巨大魔法)을 감당하지 못한 65층 차원의 붕괴가 가속하기 시작했다.

하나 흔들리는 대지를 딛고 굳건하게 선 바알.

그는 포기하지 않았다.

그의 손 또한 멈추지 않았다.

"으랴아아!"

초당 수천의 단위로 뻗어진 주먹이 기어코 1만 개로 이루어진 마법진을 삽시간에 지워 냈다.

"꺄아아악!"

"커헉……."

동시에 모습을 드러낸 단탈리안들의 머리를 처부수기까지.

초월적인 신위.

하지만.

"한 끗인가."

뒤이어 떨어지는 차원절단첨단화극이 바알의 신체를 꿰뚫었다.

바알이 미처 발견하지 못한 시야각에 미세하게 남아 있는 마

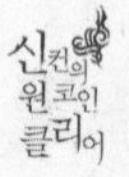

법진의 조각 하나.

눈을 크게 뜨고 바라봐야 겨우 보이는, 흔적에 가까운 마법진 하나가 두 번째 초거대마법을 기어코 완성시킨 것이다.

퍼억.

세계를 진동시킬 정도로 막대한 마나를 잡아먹은 여신의 하사품은 단출한 흰색 막대였다.

하나 그 내용물은 한때 십억 단위 영혼이 보내 온 경배가 극한으로 압축된 집약이다.

바알이 반사적으로 폭발적 팽창, 원혼병기 염창과 같은 권능을 비활성화시켜 빈공간을 만들었다.

극한으로 압축된 수십억 영혼이 저마다의 원념으로 바알의 영혼을 뒤흔들었다.

"킥."

입가에 묻어 나오는 피를 닦아 낸 바알이 씨익 웃었다.

위험했다.

하나 버텼다.

"다음은?"

단탈리안이 힘을 숨겨 왔음을 안다.

어떤 계획인지는 모르지만, 바알 본인을 대상으로 아주 큰 계획을 세웠다는 것도 안다.

그 계획은 그가 생각하기 어려운 곳까지 닿아 있을 터다.

바알의 모든 행동을 예측하고, 모든 변수를 고려해, 최악의 최악인 상황까지 가정하여 바알을 죽이기 위해 만들어졌겠지.

바알은 그 사실을 알면서도 아무런 조치를 취하지 않았다.

아니, 오히려 뛰어들었다.

자신이 있기 때문이다.

또한 갈망하기 때문이다.

누군가 자신을 꺾어 주기를.

그리하여 바알이라는 삶에 겪어 보지 못한 벽이 되어 주기를.

마왕은 초월자다.

전 세계에 모래알처럼 흩뿌려진 필멸자 중 한 줌의 한 줌만이 초월이라는 기적을 경험한다.

차원 미궁에 거주하는 대부분 마왕과 밖에 있는 수많은 초월자가 초월자라는 지휘에 안주하고, 만족하며 살아간다.

바알은 아니었다.

'아니, 사실 다른 마왕들도 만족하지 않았을지도 모르지.'

겉으로야 허허 웃고 있지만, 하나의 권능을 더 모으기 위해 뒤에서 추하게 발버둥 치는 게 마왕들의 생리 아니던가.

초월 다음의 경지.

있는지 없는지 모르지만, 바알은 확신했다.

물이 위에서 아래로 흐르고, 생명이 들숨과 날숨 사이에서 이루어지듯이.

초월의 다음 경지가 있음을.

초월자 다음은 무엇일까.

'신(神)?'

사실 수많은 필멸자가 기록한 신이란 초월자에 불과하다.

'상관없어.'

이름은 중요치 않다.

바알이 그 경지에 올랐을 때 아무도 없다면, 자신이 이름을 붙이면 되는 거니까.

"단탈리안. 네 수준은 어느 정도지?"

신의 위를 넘볼 정도의 자격이 있는가?

바알이 신의 경지를 넘볼 때 도움이 될 발판이 될 수 있는가?

"다음!"

바알이 포효했다.

먼지가 걷히고 나타난 것은, 수십의 마왕.

전투에 참여하지 않은.

바알이 속칭 '거세되었다고' 판단한 마왕들.

거기에 더해 어느새 제파르와 안드라스, 발람까지 모였다.

바알의 앞에 선 약 20명의 마왕.

감탄이 절로 나온다.

20명.

초월자 중 3분의 1에 해당하는 숫자다.

이보다 더 모았을 수는 없다.

72명의 마왕은 자기들끼리 바르바토스의 세력, 바알의 세력, 아가레스의 세력, 그리고 수많은 이해관계를 복잡하게 얽고 섞어 대는 게 습관이었으니까.

거미줄처럼 칭칭 감긴 커뮤니티에서 어떻게 이렇게 철저하게 숨겼는가.

어떻게 이들을 설득하고, 제 뜻대로 움직이게 한 것인가.

바알의 편에 선 마왕들을 어떻게 이렇게 깔끔하게 떼어 내고, 본인의 방해물 역시 산뜻하게 치워 낸 동시에 이렇게 온전하게 본인의 세력을 이 자리에 당도하게 하였는가.

물론, 단탈리안은 고민을 해결해 주지 않았다.

20의 초월자가 준비한 일을 행한다.

단탈리안이 혼자서 준비한 대마법 '멸망징후'와 비견될 마법이 동시에 십수 개 캐스팅된다.

시간을 벌기 위해 일곱의 마왕이 앞에 나선다.

두웅―.

이번에는 바알이 대처할 새도 없었다.

준비는 이미 차원 저편, 차원 미궁 바깥에서 끝났다.

마왕들이 바알 앞에 당도했을 때에는 준비의 시작이 아니라 끝점이라는 뜻이다.

우주를 세 번 꿰뚫은 광선이 바알의 왼쪽 어깨를 잡아먹었다.

9개의 차원을 잡아먹은 멸망이 바알의 영혼을 붙잡고, 고도의 공간학이 바알의 육체를 온전히 이격시킨다.

하늘에 닿은 주먹이 바알의 신성에 직접 때려 박혔으며, 심지어 시간 역행의 권능이 복잡하게 역산되어 바알의 영혼을 온전히 현재에 잡아놓는다.

이보다 완벽할 수 없는 초월자의 사형집행.

바알을 둘러싼 수백 개의 권능이 바스라진다.

바알은 저항했다.

초월자라면 대처할 수 없는 온갖 권능의 파도 사이에서 그가 붙잡은 다음 경지의 끈을 붙들고 놓지 않았다.

퍼억.

이제 우주를 네 번 꿰뚫은 광선이 시간선을 타고 날아와 다시 한번 바알의 몸체를 꿰뚫고.

꾸웅.

헤아릴 수 없는 시간 동안 모아온 권능의 집합체가 찌그러진다.

하지만 포기하지 않는다.

깨져 나가는 권능을 그러모아 뿌리고, 이 대신 잇몸으로 틀어막는다.

아예 초월자의 그릇이나 다름없는 신성을 쪼개서 에너지를 창출해 공격을 틀어막기까지 했다.

까드득. 까드드드득.

65층이 무너져 내린다.

완벽히 수세에 몰린 바알.

공세에 집중하는 마왕 무리.

안색이 새파란 건 마왕 무리들이었다.

"차원이 붕괴하면……."

"놓친다."

놀랍게도, 바알은 버티고 있었다.

마왕들도 알고 있다.

밑의 층으로 내려가더라도, 바알은 도망가지 못할 거라는 사실을.

하나 떨리는 눈동자를 숨기지는 못한다.

바알이 보인 상식 밖의 기행.

그리고 기량과 오만.

불안할 수밖에.

만약 오만이 아니라면.

보란 듯이 자신들의 예상을 뛰어넘고 도망치든가, 극적인 회복을 해내어 다시 본인을 찾는다면.

혹은 여기에서 더 성장해 역경을 딛고 일어서 버린다면.

자신들이 발판이 되어 바알이라는 존재가 초월 다음의 경지로 넘어가 버린다면.

상식적으로 불가능한 일이지만, 상대가 바알이다.

마왕들은 불안에 빠질 수밖에 없었다.

"뒷심…… 뒷심이 부족해."

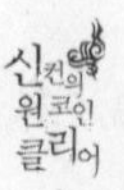

"마지막 한 방."

"단탈리안! 이게 전부야!?"

풍성한 금발, 화려한 브로치.

여왕의 모습을 한 단탈리안이 우아하게 고개를 저었다.

"준비하지 않았을 리가."

초월자의 존재를 삭제하는 가장 효율적인 지우개.

바알을 목숨을 끊을 날카로운 비수.

단탈리안이 최근 들어 가장 심혈을 기울인 건 바로 그 비수를 버리는 일이었다.

급격하게 흔들리는 스테이지.

바알이 퇴로를 마련하기 위해 격한 진각을 찍었다.

쿠구구구궁.

65층 바닥에, 구멍이 뚫렸다.

64층. 임팩트 메모리얼(Impact Memorial) 스테이지.

스테이지 내용에 관심이 있는 건 오크 진영의 플레이어들뿐이었다.

오크 진영 중에서도 이번 64층에서 벌어질 일을 하나도 모르는 이들만이 스테이지를 알아보겠다고 의욕이 넘쳤다.

물론 태양은 63층을 클리어할 때 이미 피 튀기는 번개에게 올라오지 말라는 이야기를 이미 했다.

저들이 올라왔다는 건, 오크 진영의 수뇌부가 태양의 조언을 받아들이지 않았다는 뜻이다.

"나는 할 거 다 했어. 나중에 내 탓 하지 마."

"하지 않는다."

오크 진영의 일인자, 피 튀기는 번개가 굳은 얼굴로 중얼거렸다.

그는 64층에 올라오는 사안에 관해 반대했을까, 찬성했을까.

궁금했지만 캐묻지는 않았다.

같이 돌아갈 것도 아니고, 심지어 저들은 인간도 아니다.

지구에서도 동물이고 식물이고 모든 생명체에 마음을 주며 살기는 힘들었다.

차원 미궁이라고 다를 바는 없다.

"인간 놈들은 올라오지 않은 거냐?"

"자신들의 대전사만 보내다니."

"모른다. 영악한 강자 놈들이 자신들만 이득을 차지하려고 먼저 올라온 걸지도."

"어떻든 간에 인간은 영 좋아할 수가 없군."

활기찬 오크 진영의 분위기는 곧 뒤바뀌었다.

콰아아아아아아아앙—.

전투가 일어나지도 않았건만, 어디선가 들려오는 소음.

영혼을 누르는 공압.

설명은 필요 없었다.

오크들은 태양에게 덤벼들지 못했었다.

압도적인 격차.

가능성이 0에 수렴한다는 사실을 알기 때문에.

그 감각이 지금 이야기한다.

여기서부터는…… 그런 수준의 전장이라고.

비틀비틀—.

뒤로 물러나는 전사들.

그리고 독려하는 몇몇 오크.

쿠르르르르르르릉.

하늘.

스테이지의 천장이 다시금 격하게 흔들린다.

위에서 넘어오는 전투의 여파가 오크 진영 플레이어들을 절망의 늪으로 몰아넣는다.

"도망쳐. 부끄러운 게 아니니까."

태양이 들리지도 않을 말을 중얼거리며 고개를 돌렸다.

남은 인원은 태양을 포함해서 여섯이다.

아그리파 기사단장 카인.

유리 막시모프.

구원자 메시아.

풍술사 란.

마법사 살로몬.

안드라스의 후원을 받는 플레이어, 위치스의 클랜장 미네르바는 투입을 거절했다.

—이해가 안 되는 건 아니지만, 아쉽긴 하네. 미네르바가 가진 권능은 심플한 만큼 사용처가 많았을 텐데.

"이미 지나간 버스 보면서 아쉬워하지 말자."

—말은 쉽지 그게…….

후우.

태양이 폐에 담긴 공기를 격하게 빼냈다.

버릇이다.

이렇게 하면 긴장도 같이 빠지는 느낌이랄까.

"이제부터 적들은 마왕이야."

"……."

"이제까지 우리가 올라온 차원 미궁은 솔직히 X같았어. 그런데…… 아마도 이제부터는 그동안의 차원 미궁이 선녀처럼 보이게 될 거야. 무슨 말인지 알지?"

그동안은 그나마 밸런스를 맞추는 시늉이라도 했다.

살로몬이 치익- 라이터에 불을 붙이며 빈정거렸다.

"항상 X같았고, 앞으로도 X같다. 간단하네."

거기까지였다.

서로를 격려하고 있을 시간은.

단탈리안의 예고는 소름이 돋도록 정확했다.

콰치치치치칭.

정확히 태양의 머리 위에 커다란 구멍이 생겨났으니까.

"으, 으아아아아아아!"

동시에 오크 진영의 진형이 순식간에 흐트러진다.

차원의 벽을 넘어 피부에 와닿던 기파만으로도 겁에 질릴 정도였다.

차원의 벽이라는 여과기 없이 맞는 기파에 오줌을 지리지 않은 것만으로도 다행이리라.

태양이 버럭 소리를 질렀다.

"놓치면 안 돼!"

떨어지는 맨몸의 바알.

저거 하나를 위해서 이 자리에 왔다.

투우웅.

이미 시전되어 있던 스모크 게이트가 태양 일행의 신형을 허공으로 퍼 올린다.

동시에 태양이 허공을 밟고 뛰었다.

스테이지 천장에 구멍이 나기 전부터 모든 준비는 끝나 있었다.

태양 역시, 발락의 권능부터 위대한 기계장치를 통한 48배율 가속까지 마쳤다.

귓가에는 요란한 바람 소리.

인간의 신체가 감당하지 못할 정도의 가속에 모든 물체가 엿가락처럼 늘어져 보인다.

상관없다.

초월 지경에 오른 전투는 청각과 시각에 의존하지 않는다.

태양의 기량 역시.

경험과 본능.

기감과 예측.

태양의 기량은 오감을 필요로 하지 않을 정도가 되었다.

바알 역시 태양을 발견했다.

하나 반응은 없다.

"일은…… 제대로 해 놨네."

양쪽 어깨가 탈구되어 덜렁거린다.

피부는 찰과상과 화상을 입지 않은 부위가 없고, 다리는 근육이 잘게 찢어져 뼈를 가리는 망사가 된 수준이다.

여기서 반전.

현재 바알이 외상은 내상에 비하면 아무것도 아니었다.

초월의 근원이라 할 수 있는 권능의 밀집, 신성이 선연하게 느껴질 정도로 조각나 너덜거린다.

태양 본인과도 비교할 수 없을 정도로 넓고 깊은 바알의 마나회로는 처참하게 찢어져 마나를 이리저리 흘리고 있었다.

회복할 수 있나?

아니, 살 수는 있나?

숨통은 끊어지지 않았지만, 이미 죽은 거나 다름없는 수준의 상태.

하나 단탈리안은 이야기했다.

—당신이 끝내야 합니다. 방심은 절대 허용되지 않아요. 명심하세요. 저도, 당신도 목숨이 걸린 일입니다.

물론, 단탈리안의 말과는 별개로 태양은 항상 전력을 다했다.

잘 견디게 된 것과는 별개로, 아픈 건 죽도록 싫었으니까.

두근.

용왕의 심장이 막대한 마나를 퍼 올리고, 세밀하게 단련된 마나 회로가 신체 곳곳으로 마나를 퍼 올린다.

방향성을 잃고 사방으로 튀어나가는 마나가 태양의 의지 아래 복잡한 배열로 집합한다.

살(殺).

태양의 오른손에 음울한 분홍빛 번개가 튀겼다.

파앙!

천뢰굉보, 초월진각.

그리고 차원을 순회해 가며 얻은 수많은 비급에서 뽑아낸 원리가 태양의 걸음에서 뒤섞인다.

가속에 가속에 가속.

태양의 의식이 쪼개진 시간 사이에 비집고 들어갔다.

'반응해? 그 몸 상태로?'

바알이 허공에서 몸체를 뒤집는다.

만전의 태양이 보기에 느릿하기 짝이 없는 속도.

안타깝지만 몸이 사고를 따라 주지 않는 모양이었다.

그렇다면 태양이 취할 선택지는 간단해진다.

극한의 속도로 대응을 무의미하게 만든다.

즉, 태양은 속도를 줄이지 않은 채 바알에게 접근했다.

파아앙!

태양의 신체는 바알과 가까워질수록 가속을 거듭했다.

바알과 태양의 거리가 0이 되는 순간.

투웅.

태양의 발이 허공을 딛는다.

발바닥에서 시작된 충격이 발목을 휘감고, 무릎과 허리를 거쳐 증폭된다.

일직선으로 뻗어 나가는 주먹은 권능 살(殺)을 머금고 바알의 심장을 최단 거리로 요격한다.

하나.

툭.

느릿하기 짝이 없는 마왕의 신체가 뻗어 나가는 주먹의 진로를 비틀었다.

뻐어억.

한 치의 오차도 없이 겨냥했던 주먹이 심장 대신 바알의 왼 어깨에 틀어박힌다.

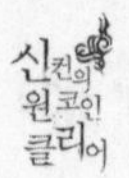

'어떻게?'

찰나의 순간, 태양은 직전을 되짚었다.

성공, 실패와 관계없이 선택지를 떠올리며 상대방의 행동 원리를 파악하는 태양의 버릇이었다.

전투 시간이 길어져 이 되짚음데이터가 일정 이상으로 쌓이면 킹 오브 피스트 선수들이 그토록 두려워하던 '다운로드'가 완성된다.

'시작은 놈이 날 발견하면서부터.'

바알은 태양의 존재를 파악함과 동시에 가까스로 몸을 비틀었다.

태양 역시 그 반응을 확인하고는 대책을 세웠다.

속도로 찍어 누른다는 간단한 해결책.

태양이 처음으로 한 실수였다.

짧은 고민 끝에 나온 간단한 발상은 효율적이긴 하지만, 100% 확률로 성공해야 했을 일의 성공률을 99% 정도로 낮추는 결과를 낳았다.

'당시에는 그게 확률이 가장 높은 줄 알았는데, 결과적으로 보면 틀렸어.'

여하간, 생각을 마친 태양은 몸을 뒤집는 바알의 속도에 맞춰 몸의 궤도를 수정하고 일직선으로 달려들었다.

그리고 그 판단 직후, 바알은 그 반대로 몸을 뒤집었다.

1초도 되지 않는 짧은 시간.

바알은 예측에 가까운 반응으로 태양의 주먹이 심장을 비껴가게 만드는 데 성공했다.

결론.

서로 초면인 상황에서 바알은 태양의 수를 모두 읽었다.

다르게 말하면, 태양은 바알에게 모든 수를 읽혔다.

태양이 저도 모르게 헛웃음 지었다.

맹세코, 어머니 배 속에서 빠져나와 지금까지 살면서 처음 겪는 경험이었다.

'다행이야.'

안타까운 건 바알과 태양이 서로 100% 만전 상황에서 부딪친 게 아니라는 거다.

바알은 분전했지만 이미 판 자체가 태양에게 불합리하게 기울어진 판이었다.

태양은 실패했지만, 태양의 주먹은 실패를 대변하지 않았다.

태양의 주먹은 마치 포탄과 같아서 바알의 왼 어깨를 타격하는 것만으로 목 줄기, 그리고 심장 일부까지 동시에 뜯어내는 데 성공했다.

벌컥, 벌컥.

절반밖에 남지 않는 심장이 흉물스러운 모습을 드러낸 채 피를 울컥울컥 쏟아 내며 악착같이 고동을 반복했다.

심장에 모여 있던 바알의 신성이 필사적으로 형체를 유지하는데, 이리저리 권능이 새는 게 눈에 보였다.

터업.

태양이 뻗은 손이 만신창이 바알의 뒷목을 붙잡았다.

"네가 단탈리안의 마지막……."

태양은 무심한 얼굴로 이를 드러내는 바알의 얼굴에 주먹을 꽂았다.

퍼억.

이미 육체적인 우세가 확실한 상황.

뒷목을 붙잡은 왼손이 변수를 0으로 차단한 채.

얼굴.

뻐억.

얼굴.

뻐억.

태양의 주먹이 바알의 머리로 움푹 들어간다.

바알의 어깨가 움찔거린다.

머리가 아닌 복부.

콰아아앙!

기껏 들어 올린 바알의 가드가 허무하게 벌어지고, 복부에 두 번째 구멍이 뚫린다.

"커헉."

바알의 목에서 반사적으로 기침이 샌다.

태양이 바알을 바라봤다.

눈을 보고 의도를 알기 위해.

신체가 다시 복구할 수 없을 정도로 만신창이가 되어 있건만, 소년의 눈은 여전히 예리하다.

소름이 돋을 정도로.

키이이이잉―.

엉망으로 손상된 바알의 신성에서 새어 나온 뾰족한 소음이 태양의 영혼을 일순 흔들었다.

태양이 반사적으로 뒷목을 놓았지만, 늦었다.

시체와 같던 바알의 다리가 이미 지척.

동시에 태양과 바알 사이에 새빨간 물체가 끼어들었다.

"손?"

혈족 계승 – 블러드 새크리파이스(blood sacrifice).

푸화아아아악!

사방으로 비산하는 핏줄기.

아니, 피의 장벽.

태양이 급하게 고개를 꺾자 왼팔이 사라진 메시아가 다급하게 고개를 흔들었다.

동시에 피의 장벽 너머로 성난 소년의 목소리가 흘러나왔다.

"방해하지 마!"

퍼억.

소년의 팔이 걸레짝 같은 몰골로 장벽을 뚫었다.

거기에 그치지 않고 태양에게 뻗어 온다.

반사적으로 고개를 꺾어 피한 태양 역시 장벽에 주먹을 박아 넣었다.
초월 진각 - 선풍권(旋風拳).
퍼억.
손맛이 확실하다.
동시에.
콰앙!
태양의 시야가 뒤흔들렸다.
맞으면서도 뻗어 낸 바알의 주먹이 기어코 태양의 골을 흔든 것이다.
어느새 둘은 지상으로 내려왔다.
피의 장벽이 허물어지고 힘겹게 선 바알과 건장한 태양이 0의 거리를 유지한 채 서로를 바라본다.
태양은 바알을 보며 압도되지 않을 수 없었다.
'경이롭다.'
여전히 또렷한 안광이.
다리는 사시나무처럼 떠는 주제에, 뻗어 나오는 고고한 기개가.
희박한 승산을 필사적으로 붙잡고 있는 주제에 승리를 확신하는 저 눈빛이.
바알이 피투성이가 된 입가를 마찬가지로 피투성이가 된 손등으로 훔치며 작게 웃었다.
"동류네."

"뭐?"

"아깝다. 더 재밌을 수도 있었을 텐데."

"크오오오오오오오!"

소년의 몸체에 음영이 졌다.

얼핏 보기에 전차와 같은 단련된 근육질 몸.

융기한 핏줄, 초록빛 피부.

입술 바깥으로 튀어나온 뻐드렁니.

오크 제일의 전사, 피 튀기는 번개가 흑염에 휘감긴 대검을 내리찍었다.

"안 돼!"

쩌엉.

돌아보지도 않고 180도로 치켜 올린 바알의 깔끔한 킥이 대검을 그대로 박살 낸다.

뒤늦게 회전한 바알이 마치 발레리노처럼 고속으로 회전하며 뻗어 온 발을 회수하여 다시 한번 오크 전사를 타격했다.

뻐억.

대처할 새도 없이 오크 전사는 고깃덩어리가 되었다.

"필멸자 주제에 기개는 가상하네."

"기다리고 있었다, 바알."

피 튀기는 번개 뒤로 나타난 건 금발의 기사, 카인이었다.

굳은 얼굴로 칼을 겨누는 기사.

그를 올려다보는 소년.

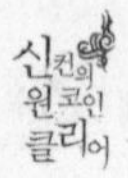

그리고 미세하게 흔들리는 검극.

"아, 또 보네."

"카인. 뒤로 물러나요."

이야기했다.

초월자를 상대로 정면에서 붙는 건 태양 혼자.

초월의 위에 오른 란이나 메시아 역시 할 수 있는 건 보조에 불과하다.

절대적인 격차는 필멸자와 초월자 사이가 더 멀겠지만, 체감으로는 초월자끼리의 격차가 더 컸다.

경지의 거리는 멀지 않지만, 저기까지 올라가는 데 얼마나 많은 세월이 필요할지 짐작도 되지 않았다.

"어때. 지금은 이길 수 있을 것 같아?"

"……."

"이런. 자극되라고 욕먹어 가면서 유물까지 부숴서 먹여 줬더니만."

카인의 얼굴에 수심이 깃든다.

바알이 이죽거렸다.

"후배들 보기 부끄럽지도 않아? 내가 손수 유적 하나를 통째로 먹여 줬는데 아직도 초월은커녕 근방에서 뱅뱅 도는 꼬라지라니. 내가 단탈리안 보기에 부끄러워서 고개를 들 수가 없어."

철컥.

카인이 크게 한 걸음 내디뎠다.

"그래. 둘이 한번 덤벼 봐. 누가 더 나은지 내가 제대로 한번 봐줄 테니까. 뭐, 이미 답은 나온 것 같다만."

"카인. 물러나요."

카인의 검극이 눈에 확연하게 보일 정도로 떨리기 시작했다.

그에 비례해 바알의 상처 입은 몸은 점점 떨림이 잦아들고 있었다.

"이런 빌어먹을."

뒤늦게 바알이 회복하고 있음을 깨달은 태양이 몸을 날렸다.

콰드드득.

바알이 떨어져 내린 구멍에 뒤늦게 내려온 마왕들이 동시에 탄식을 내뱉었다.

"오, 젠장."

"안 죽었단 말이야?"

단탈리안 역시 미간을 좁힌 채 아래를 바라보고 있었다.

'견적이…… 잘못됐었나?'

아니, 완벽했다.

한 치의 오차도 허용하지 않았다.

몇 번이나 교차 검증한 윤태양의 기량.

발락의 육체와 푸르카스의 권능, 살.

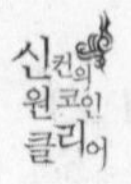

도구의 성능은 완벽하다.

그리고 실제로 차원 너머로 관측한 태양은 해야 할 일을 완벽하게 해냈다.

바알이 단탈리안의 예상을 벗어난 기량을 가지고 있었다면 애초에 태양에게 타격을 허용하지 않았어야 했다.

하나 태양은 계획대로 바알의 심장을 꿰뚫었다.

완벽하게 해내지는 못했지만 후속으로 들어간 타격으로 만회했다.

단탈리안의 계산으로는 그때 이미 바알은 사망했어야 했다.

그런데 바알은 오뚜기처럼 일어났다.

왜?

짧은 기간 수십 번을 머릿속에서 시뮬레이션한 단탈리안이 결론을 냈다.

무기, 태양은 잘못이 없다.

다만 출력에 문제가 있었다.

"신성이 손상됐어."

단탈리안 본인이 떼어 준 신성.

발락의 신성.

푸르카스의 신성.

바르바토스와 바싸고의 신성.

윤태양이 차원 미궁을 오르며 모은 업적.

일반적으로 후원하는 과정에서 자연스럽게 떨어져 나가는

신성의 크기가 미세하다고는 하나, 단탈리안 본인이 떼어 준 신성의 양만 생각하더라도 부족하지는 않았어야 했다.

단탈리안이 뒤늦게 주변을 훑었다.

그리고 곧, 란을 발견했다.

란의 영혼에 쪼개진 태양의 신성이 맴돌고 있었다.

"그레모리, 당신의 짓이군요."

단탈리안의 입이 다물렸다.

그레모리의 짓이라고 확신할 수 있었던 이유는 란 옆에 있는 플레이어, 메시아 살로몬 덕분이었다.

엉성하게나마 초월자의 경지에 진입한 두 플레이어의 신성이 그녀와 비슷한 분위기를 띠고 있었기 때문이다.

"하……."

그레모리가 태양을 위해 메시아와 살로몬에게 신성을 떼어 주고, 일행이었던 란을 위해 태양이 제 신성을 쪼개고.

일련의 과정이 선연히 그려진다.

단탈리안이 고개를 휘저어 주변을 살폈다.

당연히, 그레모리의 모습은 보이지 않았다.

애초에 일선에 서지 않는 그녀다.

"그레모리?"

대답 역시 없다.

유사시를 대비한 호출로 불러 보았지만, 묵묵부답.

그녀의 역할은 전서구였다.

광범위하고 은밀한 통신 권능으로 단탈리안의 편에 선 마왕들과 소통을 가능케 해 주는 계획의 중추였다.

심지어 바알조차 속여넘긴 은밀한 통신망이었느니, 이 상황까지 몰아붙이는 데 그레모리의 공은 결코 적다고 할 수 없다.

하나 이 통신 시스템은 온전히 그레모리 한 사람에게 주도권이 있었고, 지금처럼 그녀가 의지가 없다면 단탈리안 측에서 할 수 있는 일은 없었다.

생각에 생각을 거듭할수록 단탈리안의 이마에 힘줄이 돋는다.

"이 개 같은…… 마지막에 뒤통수를…… 아니…… 뒤통수는 아니야."

단탈리안은 달아오르는 머리를 식혔다.

현재 단탈리안이 당면한 예상 밖의 상황.

단탈리안의 예상 바깥이기도 하겠지만, 분명 그레모리가 예상한 상황도 아니다.

단탈리안이 이 상황을 예상하지 못한 이유는 오히려 그레모리를 너무 잘 알았기 때문이다.

여기서 태양이 바알을 죽이지 못하고 단탈리안이 개입하지 않으면 역으로 윤태양 일행이 죽는다.

그레모리가 윤태양 일행이 죽기를 바랄 리가 없다.

그렇기에 단탈리안도 이런 상황을 예상하지 못한 거다.

이는 그레모리가 일을 하는 과정에서 착오가 일어난 게 분명했다.

그래.

신성을 나눠 주면서 태양에게 한마디만 언급하더라도, 이런 일은 없었다.

"머리가 안 되면 가만히라도 있을 것이지."

다시금 머리에 열이 오른다.

짝!

여왕의 모습을 한 단탈리안이 제 뺨을 때렸다.

"후우."

계획이 틀어지는 상황 자체가 너무 오랜만이라서 익숙하지 않았다.

여기서 그레모리를 뒤늦게 씹어 봤자 남는 건 없다.

돌아오는 것도 없다.

그레모리는 멀리 있고, 당장 전장 일선에 서 있는 단탈리안은 그녀를 잡을 수 없다.

잡아서 책망해 봐야 이 상황이 긍정적으로 바뀌는 것도 아니다.

"진정하고, 하나씩."

다른 건 없다.

차원 수십 개를 뒤엎는 계획도, 초월자를 사냥하는 계획도 발상부터 하나 하나 차근차근 이어 가야 한다.

계획이 틀어졌으면 그에 맞는 계획을 다시 수립하면 그만이다.

차갑게 머리를 식힌 단탈리안이 상황을 재고했다.

지금 가장 우선되어야 할 일.

바알을 확실하게 살해하는 거다.

바알을 죽일 이보다 더 확실한 기회는 없다.

스노우볼을 확실히 굴려서 바알을 처리해야했다.

단탈리안은 냉정을 되찾았지만, 다른 마왕들은 그렇지 못했다.

"뭐 하나! 단탈리안! 당장 내려가야 하지 않겠나? 지금을 놓치면……"

"안드라스의 말이 옳아! 지금 아니면 바알을 잡을 수 있는 기회는 영영 없네!"

단탈리안과 가장 오랜 시간 뜻을 함께해온 마왕 중 하나인 안드라스와 발람마저도 냉정을 잃고 단탈리안을 독촉할 정도였다.

"아뇨. 저희가 할 수 있는 최선은 기다리는 겁니다. 여러분도 아시지 않습니까?"

스테이지가 차원 미궁의 격벽으로 나뉘어 있다고 해도 이렇게 억지로 구멍을 열고 들어가면 억지력의 저항을 받는다.

스무 명에 달하는 마왕이 동시에 넘는다면?

마왕들이 각각 받을 상흔 역시 만만치 않게 된다.

단순히 영혼만 다치는 게 아니라, 신성에 영향이 갈 정도가 되리라.

"마왕 스무 명의 권한이라면 임시로 격벽을 해제할 수 있습니다. 조금만 천천히……."

"저항으로 받는 타격은 따끔하겠지만 일시적이지! 바알이 회복하는 게 더 위험하다! 단탈리안, 자네 그 정도 계산도 안 될 정도로 몰렸나?"

마왕들의 말대로, 신성에 입은 상흔은 시간을 들이면 회복할 수 있었다.

하나 본래라면 아주 잠깐의 전력 손실도 끔찍하게 반응하는 게 마왕이다.

바알과의 전투, 즉, 자신의 목숨과 관련되자 마왕들의 반응은 평소와 판이하게 달랐다.

단탈리안이 과열된 마왕들의 반응을 보며 말을 이었다.

"윤태양은 바알을 이기지는 못하겠지만 충분히 힘을 뺄 정도의 기량을 가지고 있습니다. 잔뜩 독이 오른 쥐는 고양이도 무는 법이잖습니까. 조금이라도 더 힘을 빼면서 찬찬히 기다리면 아무 손실 없이……."

윤태양은 단탈리안이 근래 본 영혼 중에 가장 빛난다.

특히 전투 영역으로만 좁혀서 재능을 측정하자면 마왕 이상이다.

시간을 가지고 초월체로서 성장을 거듭했다면 72마왕 중 절반은 태양의 눈도 마주치지 못할 것을 확신할 정도였다.

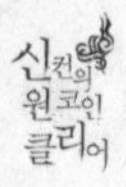

그런 태양이니만큼, 바알을 이기지는 못하겠지만 물고 늘어지면 확실히 타격을 입힐 수 있다.

"잠깐 대기합니다. 편히 가죠. 제가 미궁 시스템에 접속할 테니, 윤태양이 바알에게 더 타격 입히는 걸 기다리는 겁니다."

"빌어먹을! 도서관 전지도 파괴된 마당에 미궁 시스템에 접속하려면 한 세월은 걸리잖아!"

단탈리안의 판단은 명백히 이성적이었다.

단탈리안의 입장에서는 그랬다.

조급함이 마음을 가득 채운 마왕들에게 단탈리안의 여유는 배부른 소리처럼 들렸다.

"대기는 무슨!"

"빌어먹을! 끝까지 간만 보는군. 이러다가 놓치면 혼자 또 빠져나갈 구멍을 만들 거지?"

"일 초가 급한 지금 기다리자고? 이런, 단탈리안. 난 네가 그렇게 멍청한 선택을 할 줄은 꿈에도 생각하지 못했는데."

마왕들의 인내심은 바닥났다.

단탈리안은 태양의 기량을 신뢰하지만, 다른 마왕들은 그렇지 않았다.

물론 그들도 윤태양이 대단한 플레이어고, 초월의 위에 오를 정도로 대단한 존재라는 사실은 긍정했다.

하지만 여기서 바알에게 시간을 줘서 더 회복하는 꼴을 보는 건 다른 문제다.

단탈리안의 말대로 윤태양이 바알에게 타격을 입힐 수 있을지도 몰랐다.

하지만 윤태양이 할 수 있는 일은 여기에 모인 마왕들이 더 잘 할수 있는 일이다.

"이봐 단탈리안. 넌 그냥 여기서 윤태양도 죽이고 싶은 거잖아. 안 그래?"

"하긴. 따지고 보면 지구 차원을 침략하여 윤태양을 차원 미궁으로 끌어들인 건 단탈리안이니까."

"키운 개에게 물리고 싶지 않은 마음은 이해하지만, 이봐. 이건 너 혼자 하는 일이 아니잖아."

단탈리안이 입을 다물었다.

마왕들의 말은 정확했다.

윤태양이 죽기를 원하는 건 단탈리안이다.

마왕들은 윤태양이 살아 나가든 말든 상관없다.

바알을 죽이는 게 더 중요하다.

단탈리안이 반박하지 않자 마왕들이 하나둘 움직이기 시작했다.

다른 말로 하자면 단탈리안의 통솔이 깨졌다.

일 초에 수십 합의 연격이 오간다.

'상중, 어퍼컷, 왼발 킥, 축을 틀어 그대로 뒤차기. 빌어먹을!'

파앙!

바알의 발에서 뻗어 나온 내기가 송곳처럼 찔러 들어온다.

태양이 팔을 십자로 교차해 들어 막았지만, 몸이 튕겨 나가는 건 어쩔 수 없었다.

그리고 그 말인즉슨, 옆에서 보조하던 태양이 위험해졌다는 뜻이다.

"카인!"

아그리파 투술(Agrifa鬪術) 카인식(Kain式) 변형 제 삼식(三式) - 유하(流河).

좌르르르르.

마나를 듬뿍 먹인 카인의 검이 도도한 대하처럼 나아간다.

하나 바알은 초월자다.

터엉.

"커헉."

대하가 아니라 바다도 갈라내는 모세와 같은 존재다.

바알의 간단한 손짓은 전력을 다한 카인의 일 수를 허망하게 만들기 충분했다.

콰드드득.

카인의 몸에 겹겹이 감싸인 갑옷이 엉망으로 찌그러진다.

태양이 뒤늦게 밸런스를 회복하고 바알에게 붙었다.

쿠웅.

초월 진각.

선풍권, 염라각, 승룡권, 스타버스트 하이킥.

동시에 파생되는 네 가지 기술로 심리전을 걸어서 시간을 번다.

카인이 몸을 뺄 시간이다.

"미안."

태양이 스쳐 지나가는 카인에게 사과했다.

절대적으로 유리했어야 할 2 대 1 상황.

카인이 보조해 주는 와중에 태양이 주도권을 빼앗겼기 때문에 일어난 일이었다.

동시에 근접 박투.

"퉤."

피 섞인 침을 내뱉은 카인이 아주 잠깐의 쉬는 시간을 즐기고는 움푹 들어간 갑옷을 뜯어냈다.

그리고 꾸욱, 검을 쥐었다.

'써야 하나.'

카인을 후원하는 마왕.

바알이다.

그리고 바알은 카인에게 제 권능이 아닌, 그가 죽인 다른 마왕의 권능을 후원했다.

샛별.

루시퍼의 권능.

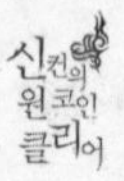

마왕을, 다른 초월자를 죽이기 위해 만들어진 권능.

어쩌면 푸르카스의 살 이상으로 마왕을 죽이는 데 효과적인 기술이다.

바알은 카인에게 마왕을 죽일 가장 효과적인 무기를 쥐여 주며 무럭무럭 성장하여 자신을 찔러 달라고 말했다.

하나 카인은 확신할 수가 없었다.

'그 말이 거짓이라면…….'

콰아아아앙!

이번에 튕겨 나간 건 바알이었다.

태양이 신경질적으로 소리쳤다.

"망설일 거면 꺼져! 목숨이 아깝지 않은 거야?"

주먹에 묻어 나오는 새빨간 혈액을 거칠게 털어 낸 태양이 다시금 바알을 향해 달려갔다.

바알은 점점 회복하고 있었다.

태양이 체감하기에 타격을 누적시키는 것보다 몸 상태를 회복하는 속도가 빨랐다.

푸쉬이이…….

신체는 그렇다 쳐도, 신성이 제 형태를 찾아가고 있었다.

태양이 아무리 주먹과 다리를 꽂아넣어도 바알은 귀신같이 신성을 방어했다.

조금씩 존재감이 차오르는 신성은 태양을 조급하게 만들었다.

지금 와서는 심지어 거의 형태를 되찾았다.

'빌어먹을.'

태양의 원래 계획은 바알을 죽이고 그 권능을 탈취한 뒤 시간을 벌어 신성으로 체화하는 것이었다.

마왕들이 내려오기 전에, 아니 일격에 모든 일을 끝내고 지금쯤 도망쳤어야 했다.

하지만 지금 상황은 어떠한가.

바알이 떨어진 구멍에서는 마왕들이 쫓아오고 있었고, 바알은 오히려 회복하고 있었다.

쿠웅.

소년, 바알의 두 눈이 흉폭한 자줏빛으로 타오르기 시작했다.

"이봐, 친구. 시간이 없어."

태양은 말없이 인상을 구겼다.

"저 친구들이 내려오기 시작하면 너나 나나 끝장이야. 알지?"

"너는 확실히 끝장이지."

"단탈리안이 너를 살려 둘 것 같아?"

물론 태양도 알고 있다.

단탈리안이 생각한 태양의 사용처는 딱 여기까지다.

"끝을 내자고."

"미안한데, 그건 안 되겠는데."

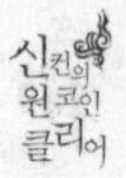

"뭐?"

"발 둘 곳은 두고 뺀거든. 우리는."

"도망친다고?"

투웅.

바알이 태양을 향해 쏘아지는 동시에.

푸화아아아아악!

해일과 같은 연기가 전장을 폭격했다.

일순간에 팔을 뻗으면 손이 보이지 않을 정도로 짙은 안개가 전장을 뒤덮었다.

바알이 두 눈동자를 번뜩였다.

직전까지만 해도 그의 눈앞에 있던 두 존재의 기척이 스러져가고 있었다.

"안 놓쳐!"

흐읍.

크게 날숨을 들이쉰 바알이 쿠웅— 땅을 찍었다.

내핵 시추.

콰드드드드.

64층, 임팩트 메모리얼 스테이지 차원의 별에서 뽑아낸 에너지가 바알의 오른손에 모였다.

콰아아아앙!

연기가 걷힌다.

바알의 시야를 수놓은 건 두 플레이어의 사체가 아니라, 하늘을 가득 매운 마왕들의 폭격이었다.

* * *

"태양, 괜찮아?"

전투 도중 불어온 바람은 당연히 란의 것이었다.

그녀는 살로몬이 소환한 더스트 게이트를 바람으로 밀어서 강제로 태양과 카인을 불러들였다.

그렇지 않아도 섬세한 공간 마법을 원격으로 조종.

비효율적이기 짝이 없는 방법이었지만, 성공했으니 되었다.

"여긴?"

"일단…… 하늘이야."

"하늘?"

란이 손가락으로 한 곳을 가리켰다.

바알이 떨어져 내린, 65층과 연결된 차원 구멍이었다.

심지어 방금 차원 구멍을 통해 넘어온 몇몇 마왕이 보였다.

"……뭔가 잘못된 거야?"

"아니, 잘 봐."

옆에선 그들을 눈치채지 못한 채 바닥을 내려다보는 마왕들.

"……우리를 모르네?"

"힘 좀 썼지."

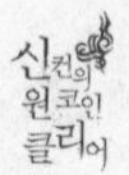

후욱, 여느 때와 같이 시가를 문 살로몬이 대수롭지 않게 대답했다.

"어떻게?"

"바알이랑 싸우는 것보다는 쉽지 않겠어?"

란이 살풋 웃었다.

구름은 란과 살로몬이 제어할 수 있는 가장 완벽한 은폐 오브젝트였다.

말 그대로 은폐만 되는, 혹시라도 눈먼 공격이 날아들면 그대로 걸리는 수준의 은신처.

방어를 극단적으로 포기한 덕분에 기척만큼은 확실하게 죽였다.

타 스테이지로 가는 통로까지 옆에 있으니 퇴로도 마련되어 있으니 난전 중에 란과 살로몬이 찾은 가장 효과적인 은신처라고 할 수 있겠다.

"커헉."

카인이 숨을 헐떡였다.

바알의 마지막 일격.

"큼……."

태양은 피했지만, 카인은 노출되고 말았다.

꿰뚫린 복부를 손으로 틀어막은 카인이 가쁘게 숨을 몰아쉬었다.

"카인……."

태양이 말을 잇지 못하는 사이, 카인은 죽은 피를 연신 뱉어내며 말을 이으려 시도했다.

숨을 헐떡이며 복부를 부여잡지 않은 손으로 태양에게 검을 쥐여 주는 카인.

"검……."

"……."

"권능…… 성검…… 한 번은 쓸 수 있어."

"이걸로 바알을 잡으라는 말이야?"

"그래. 네 권능과 같이 사용하면……."

툭.

카인이 고개를 떨어뜨렸다.

푸화하하하학.

짙은 연기가 바알과 윤태양이 서 있던 대지를 뒤덮는다.

마나를 잔뜩 머금은 연기는 곧 마법진의 형상으로 배열되고, 뒤늦게 내뱉은 바알의 주먹은 간발의 차로 태양에게 닿지 않았다.

단탈리안은 급한 대로 권능 '아프로킨의 들개'를 활용해 추적을 시도해 보았지만, 란의 풍술은 추적을 완벽하게 차단했다.

단탈리안은 추적을 포기했다.

아직 그가 64층, 임펙트 메모리얼 스테이지로 넘어가지 못한 탓이었다.

이미 열 명이 넘는 마왕을 머금은 차원 격벽의 두꺼운 경계는 성난 고양이처럼 단탈리안의 개입을 날카롭게 쳐 냈다.

이미 안에 들어간 마왕 역시 이 정도의 반발을 몸으로 받고 있으리라.

예정된 고통을 알면서도 넘어가지 않을 수 없다.

아무리 단탈리안이라도 스물에 가까운 초월자들의 뒤통수를 대놓고 때리면 감당할 수가 없었다.

그동안 여러 마왕에게 쌓아 놓은 감정의 골을 생각하면 더 더욱.

결국 단탈리안이 마왕들의 제어를 놓친 이 시점, 윤태양은 자리를 확실하게 빠져나가고 말았다는 뜻이다.

"처음부터 퇴로를 마련하고 있었군요."

퇴로.

역시 그레모리가 멍청한 짓거리를 하지 않았더라면 존재하지 않았을 변수다.

"살려 보내는 건 계산에 없었는데 말이죠."

단탈리안이 고개를 흔들었다.

윤태양.

단탈리안이 공들여서 벼려 낸 지나치게 날카로운 비수다.

마왕들의 말대로, 윤태양을 차원 미궁에 집어넣은 건 단탈리안이다.

윤태양이라는 비수의 칼날은 결국 돌고 돌아 단탈리안 본인을 겨누게 되어 있다.

잠깐 생각하던 단탈리안은 결국 어깨를 한번 으쓱이는 것으로 아쉬움을 털었다.

당장 급한 건 바알이다.

윤태양은 위협적이지만, 뒤집어 생각하면 꼭 그렇지만도 않았다.

재능 역시 시간을 매개로 피는 꽃이다.

갓 초월자에 오른 윤태양은 단탈리안의 목숨을 노리기에는 내실이 부족했다.

바알의 사냥만 끝나고 안전하게 넘어가면 정신을 허공에 날리지 않는 이상 그에게 목숨을 잃을 가능성은 한없이 낮았다.

"게다가 그는…… 잃을 게 너무 많죠."

바알에 비하면 윤태양을 공략할 방법은 차고 넘친다.

그렇게 바알 사냥의 2막이 올랐다.

"아니."

사냥이라고 볼 수 없다.

철저히 준비된 사냥이 아닌, 전투 1막의 시작이다.

톡.

"카인!"

유리 막시모프가 카인의 어깨를 부여잡았다.

"죽었어."

"아니. 죽지는 않았어."

죽지는 않았다.

하나 전투를 속행할 수는 없다.

바알의 일격은 단순히 복부를 꿰뚫는 것 이상의 충격을 남겼다.

신체에도, 영혼에도.

신성을 개화시키지도 못한 카인이 버티기엔 과한 공격이었다.

란이 우려를 표했다.

"어떻게…… 병실을 먼저 찾아야 하나?"

태양이 고개를 저었다.

"일단 안전한 곳은…… 없어. 우리가 마왕들 몰래 카인을 데리고 빠져나갈 수 있는 것도 아니잖아. 당장은 여기에서 회복하는 게 최선이야."

"여기서?"

란은 반사적으로 물었다.

대답은 없었다.

그녀도 알았다.

다른 방법이 없었다.

그나마 다행인 건 임시로 만든 구름 은신처가 생각 이상으로 제 기능을 잘해 주고 있다는 사실이었다.

"그나저나, 문제는 이다음이군."

살로몬이 독한 시가 연기를 내뿜으며 중얼거렸다.

카인과 마찬가지로 신성을 개화하지 못한 유이한 인간 진영 플레이어.

하나 살로몬의 공은 카인과 비교할 수 없을 만큼 혁혁했다.

초월에 가장 먼 존재인 주제에, 살로몬의 공간 마법이 모두를 살렸다.

공간 마법.

마왕들은 흔하게 사용하는 기본적인 권능이지만, 태양 일행에는 단 한 명만이 가지고 있는 전력이다.

"널 데려온 건 잘한 선택인 것 같네."

"그걸 말이라고……."

살로몬이 앞섶을 풀어 헤치며 미간을 찌푸렸다.

사적인 이야기는 그것으로 끝이었다.

피 튀기는 번개 등의 전사자들.

복부가 통째로 꿰뚫려 버린 채 의식을 잃은 카인.

팔 한쪽이 날아가 버린 메시아.

더 이상의 언급은 없다.

그들에 대해 생각할 여력도, 여유도 없었다.

"그럼, 결정하자고."

창백한 얼굴의 메시아가 먼저 입을 열었다.

축 늘어져 버린 왼쪽 소매가 무심하게 흔들렸다.

"바알을 죽이지 못한 건 아쉬운 일이지만…… 우리에겐 두 가지 선택지가 있다."

이 자리에서 메시아가 의견을 발의하는 게 아니었다.

이미 정해 놓은 선택지.

도주.

혹은 전투.

도주는 말 그대로 도망치는 선택지였다.

이 자리에서 도망치고 최대한 가파르게 전장을 비집고 올라가 마왕 중 부상자나 눈먼 권능을 그러모아 지구로 귀환할 방법을 찾는 것.

그리고 전투.

만약 태양이 바알을 죽이는 데 실패할 경우에는 어떻게 될까.

태양 일행은 당연히 단탈리안의 등장을 예측했다.

태양에게 굳이 마지막 일격을 맡긴 이유는 있었을 것이 분명하다.

"문제는 이 이유가 무엇이냐는 거지."

팔짱을 낀 란이 제 팔뚝에 손가락을 톡톡 두드렸다.

마지막 순간 자폭하거나, 혹은 회광반조(回光返照) 현상을 보여 일순에 회복하거나.

아니면 그와 비슷한 변수가 나타날 거라는 사실은 예상했다.

단탈리안은 용의주도한 마왕이다.

자신이 직접 하는 대신 굳이 태양을 이용해서 바알을 죽이려 한 이유가 있어야 했다.

그것을 위해서 단탈리안은 푸르카스의 권능 '살(殺)'을 억지로 얻어 내기까지 했었다.

문제는 전투 과정에서 단탈리안이 태양을 보낸 이유를 태양은 알아내지 못했다.

후욱—.

다시금 시가 연기를 내뿜은 살로몬이 먼저 입을 열었다.

"첫 번째 가정. 푸르카스의 권능이 바알의 마지막 발악을 사전에 차단했다."

"첫 번째라면 두 번째도 있어?"

"아니면 네 습격이 너무 허접해서 놈이 목숨의 위협을 느끼지 않았다거나."

태양의 눈썹이 반사적으로 올라갔다.

자존심이 상하는 이야기이긴 하지만, 나름 타당한 가설이다.

"……거의 다 죽인 것 같았는데, 급속도로 회복했지."

쓰읍—.

살로몬이 시가를 빨며 물었다.

"타격을 입히긴 했나?"

"손맛은 확실히 있었어."

유리 막시모프가 덧붙였다.

"카인이 당한 부상보다 더했으면 더했지, 못하지는 않았어.

겉으로 보기엔."

겉으로 보기에는 분명 그랬다.

당시 태양의 기감은 바알의 신성까지 위태롭다고 감지했다.

태양 스스로도 믿어 의심치 않았고, 회복하기 전의 바알은 실제로 정상적으로 움직이지 못했다.

"그런데 회복할 여력을 숨기고 있었다는 말이지……."

그때, 란이 말을 끊었다.

"미안한데 우리 결정을 좀 더 빠르게 해야 할 것 같아."

쿠구구궁.

옆에서 굉음이 들려왔다.

반사적으로 고개를 돌린 태양과 살로몬이 동시에 헛숨을 들이켰다.

적발벽안(赤髮碧眼)의 소년이 붉은 표지의 책을 어깨에 띄운 채 내려오고 있었다.

"단탈리안……."

"목소리는 낮추지 않아도 괜찮아. 완벽히 차단했으니까."

가볍게 태양의 어깨를 쓰다듬은 란이 말을 이었다.

"아무튼, 빨리 결정해야 해. 마왕 수십이 마나를 운용하면 결계가 흔들려서 위치가 드러날 거야. 애당초 방호가 아니라 은폐만 신경 쓰고 만든 은신처라서 과도한 마나 흐름에 취약해."

"……설계부터 그렇게 하지 않았다면 마왕들의 이목을 속일 수는 없었겠지."

메시아가 한쪽밖에 남지 않은 오른팔로 얼굴을 쓸어내렸다.

"결국 우리가 명확하게 알아낸 정보는 없는 건가."

"……바알이 무식하게 강하다는 것 정도."

"뭐가 더 좋은 선택지인지 결정하는 게 아니라, 그나마 덜 나쁜 선택지를 골라야겠군."

전투를 선택했을 때의 경우의 수는 한 가지다.

결정적인 순간 환상적인 타이밍으로 난입한 태양이 성공적으로 바알을 죽이고 신성을 탈취한다.

이후 도주하며 신성을 소화하고, 마왕들의 전장이 된 차원 미궁을 돌아다니며 권능들을 그러모은다.

혹은 강해진 무력을 바탕으로 다른 마왕과 교섭을 할 여지도 있었다.

"문제는 실패할 가능성이지."

결정적인 순간을 정확히 포착하지 못하면 죽는다.

환상적인 타이밍으로 난입하지 못해도 죽는다.

바알을 단번에 죽이지 못해도 죽는다.

죽이더라도 신성을 탈취하지 못하면 죽는다.

그것뿐만이 아니다.

신성을 탈취하는 데 성공하더라도 도주하는 과정에서 단탈리안에게 붙잡히면 죽는다.

그렇다면 도주를 선택했을 때는 어떠한가.

도주를 선택했을 때 태양이 당면할 경우의 수는 두 가지다.

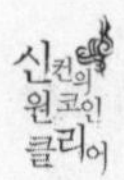

바알이 승리할 경우.

그리고 단탈리안과 마왕들이 승리할 경우.

바알이 승리할 경우, 바퀴벌레처럼 차원 미궁을 돌아다니며 권능을 그러모을 수 있겠다.

하나 태양은 보통의 마왕들에 비해 연식이 지나치게 부족하다. 마왕 하나를 만나면 힘겨운 싸움 끝에 어떻게 이겨 내 볼 수도 있겠지.

하지만 복수의 마왕을 만나든지 바알, 단탈리안, 혹은 바르바토스와 같이 강한 마왕을 만나면 도주조차 장담할 수 없는 싸움을 치러야 했다.

거기에 더해 단탈리안을 죽인 바알이 태양을 쫓기라도 한다면 진행하는 과정은 더욱 고달파지리라.

"만약 바알이 이긴다 해도 차원 미궁에 남은 플레이어들은……."

제 한 목숨은 건사할 수 있겠지만, 별림을 비롯해 차원 미궁에 모여 있는 지구인들까지 책임질 수 있을까.

태양은 확신할 수 없었다.

그리고 만약 단탈리안이 이긴다면.

최악이다.

지구를 차원 미궁에 편입시킨 존재는 결국 단탈리안이다.

그가 태양을 가만히 둘까?

언젠가는 자신의 목숨을 노릴 들개를?

당연히, 그렇지 않다.

바알은 태양을 쫓을 수도 있고, 그렇지 않을 수도 있지만 단탈리안은 태양을 추적하는 게 확정이다.

생각을 마친 태양이 고개를 들었다.

"난 전투가 맞다고 봐."

-나도 동의. 별림이랑 다른 지구인들 목숨까지 부지하려면……. 지금 상태로는 불가능해.

세 플레이어가 태양을 바라봤다.

"바알, 단탈리안. 몰라. 여하간 잡아야 해. 지금은 너무 약해. 나도, 너희들도. 어떻게든 성장 기반을 잡아야 해."

후욱-.

담배 연기를 내뱉은 살로몬이 고개를 끄덕였다.

"동의한다. 혹여나 마왕들이 차원 미궁 밑으로 더 내려가려 한다면…… 막을 힘이 필요해."

살로몬의 고향, Endress Express는 결국 이러나저러나 차원 미궁에 복속되어 있다.

그 역시 태양처럼 수비해야 하는 입장이다.

도망은 약한 이들도 선택할 수 있는 선택지다.

하나 맞서 싸우는 것은 강한 이들만이 선택할 수 있었다.

메시아와 살로몬 역시 고개를 끄덕였다.

"그러면…… 한번 보자고. 밑에서 어떻게 싸우는지."

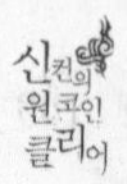

❧

콰과과과과과광.

세상이 당장에라도 멸망할 것처럼 대지가 흔들린다.

필멸자들은 여파만으로 스러질 권능의 폭우 속에서, 바알은 여전히 오롯하게 서 있다.

그를 내려다보는 마왕들의 얼굴은 이미 시퍼렇게 질렸다.

재기환발(才氣煥發).

단탈리안의 눈에 새파란 영기가 감돈다.

"상상 이상이군요, 바알. 그렇게도 거들먹거리며 다니면서 잘도 이런 여력을 숨겼습니다. 놀라울 따름이에요."

"어. 너도. 내 생각 이상으로 너무 잘해 주고 있어."

바알이 웃었다.

"하나, 여기까지입니다."

말 그대로, 여기까지다.

마왕들이 시퍼렇게 질린 건 패배를 직감했기 때문이 아니다.

두려웠기 때문이다.

소총과 지능으로 호랑이를 제압한 인간 역시 철창을 탈출한 호랑이를 보면 겁에 질릴 수밖에 없다.

승리를 확신하더라도, 그 호랑이가 상처를 입어 숨만 내쉬고 있더라도.

그 숨통이 끊어지는 걸 두 눈으로 확인하지 않는 이상 오금은 계속해서 저릴 수밖에 없다.

"당신에게, 당신의 위업에 경의를 표합니다."

단탈리안이 고개를 숙였다.

마왕 이상.

바알의 경지는 그렇게밖에 설명할 수 없었다.

"오만이 당신을 죽였지만, 그 오만이 당신을 거기까지 이끌었으니 후회는 없으시겠지요."

"어, 후회는 없어."

바알의 미소가 짙어진다.

"다행입니다."

단탈리안이 손가락을 내리그었다.

'그 미소, 꽤나 오랫동안 여운에 남겠습니다.'

콰드드드드드.

무저갱(無底坑).

바알의 몸체가 바닥이 없는 구덩이로 추락한다.

이전처럼 다른 차원으로 도망치는 가능성을 원천 봉쇄한 것이다.

그리고 그 위로, 다시 한번 스무 마왕의 권능이 가득히 수놓는다.

그 와중에도, 바알은 미소를 잃지 않았다.

바알이 웃는 이유.

간단하다.

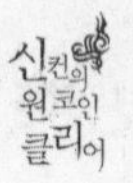

느끼고 있었기 때문이다.

빠지직-.

그의 영혼 한구석에서 깨어나는 무언가를.

형형색색의 기운이 무저갱을 수놓는다.

한 마법사의 인생.

문파의 역사.

일족의 비기.

더 나아가 한 세계의 멸망과 탄생.

각양각색이라는 단어가 이보다 더 적합할 수 없다.

죽음이라는 개념이 온갖 형태로 시시각각 다가온다.

바알이라는 존재를 지우기 위해 흉악한 아가리를 들이민다.

바알은 다가오는 죽음이 오히려 만족스러웠다.

"이 정도는 되어야지."

그가 품은 알은 단단하다.

어지간해서는 금도 가지 않는다.

키이이잉-.

이미 절반 이상 망가진 바알의 신성이 불안정한 고주파를 내뱉었다.

원래 보유했던 권능은 절반 이상이 손실되었다.

남아 있는 절반도 제 기능을 반도 하지 못할 정도로 일그러진 게 태반이다.

"……온전하다고 할 만한 권능은 3개뿐이군."

신성 최심부에 자리한 3개의 권능.

바알이라는 존재를 끊임없이 압축시켜 준 사건의 지평선.

존재의 압축을 버틸 수 있게 만들어 준 폭발적 팽창.

그리고 그가 초월자로 각성하는 과정에서 터득한 권능.

무쌍(無雙).

아쉽다.

융 안토니오 피오나 식(式) 초 재생 호흡, 육체 시간 역행 기적 – 오버 더 레인보우(Over The Rainbow), 관측론 – 초승달 아래 벌어지는 기이.

초월자라면 누구나 침을 사발로 흘리며 달려들었을 권능이 바알에게는 몇 개나 있었다.

하나, 아쉬움은 쉬이 털어진다.

다음 단계로 가는 과정에서 바쳐야 할 제물이라면 바알은 더한 것도 바칠 준비가 되어 있었다.

사건의 지평선.

폭발적 팽창.

이제껏 그래 왔듯이 두 권능이 바알의 영혼을 학대하기 시작했다.

"오랜만이네."

0과 1.

존재와 비존재의 경계에선 바알이 차분하게 자세를 바로 했다.

툭.

인간 시절.

방년 16세의 바알은 싸움(鬪)의 본질을 깨달았다.

'맞지 않고 때린다.' 단순한 명제를 극한으로 확대하는 과정에서 일어난, 번개와 같은 착상.

그 순간 바알은 유일한 존재가 되었다.

세계 어느 곳을 뒤져봐도, 짝을 지어 견줄 자가 없다.

그리하여.

무쌍(無雙).

터업.

바알이 허공을 딛고 섰다.

"……."

권능의 주인을 기어코 꼭대기로 가져다 놓는 인과의 권능이 작용하기 시작했다.

카드드득, 카드드득.

껍질이 부서지는 소리가 무저갱 어딘가에 진동하고.

투웅.

뻗어 낸 주먹이 단탈리안의 권능, 재기환발을 정면에서 때려 부쉈다.

콰드드득.

권능과 오른손이 동시에 부서졌다.

검지와 중지가 산산이 조각나고 손등이 잘게 바스러졌다.

하나, 바알은 멈추지 않았다.

이어지는 동작은 손목으로 대체하여 기어코 쳐 냈다.

다음은 발람의 권능, 역설하는 죄수.

그 다음은 제파르의 결투.

퍼억, 퍼억.

왼손, 왼팔꿈치, 오른발.

신체가 하나둘 바스러진다.

바알이 깨달은 투의 본질.

'맞지 않고 때린다'는 전혀 실현되지 못한다.

하지만 동시에, 실현되고 있었다.

하나.

둘.

셋.

다섯.

열.

그리고 스물.

이십의 권능은 바알의 육체를 산산이 부쉈지만, 동시에 그의 영혼에는 한 터럭도 흠결을 만들지 못하였다.

투둑, 투두둑.

"아아."

가득한 희열이 바알의 성대를 통해 빠져나왔다.

형형색색으로 물들었던 하늘은 다시 보니, 주홍빛 노을만이

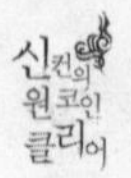

선연했다.

✦

자만은 본인이 하고 있었던가.

소년의 모습을 한 단탈리안이 앞머리를 빙빙 꼬아 돌렸다.

"이건…… 예상 밖인데."

바알이 오뚝이처럼 일어날 수 있는 이유는 단탈리안도 익히 알았다.

사건의 지평선.

그리고 폭발적 팽창.

두 개의 권능을 베이스로 단탈리안은 존재 자체를 존재와 비존재, 즉 0과 1의 경계에서 끝없이 교차시킨다.

세계에 극히 희미하게 존재하는, 존재의 파괴에서 일어나는 에너지를 극한으로 증폭시켜 그것을 마나처럼 다루는 게 바알의 방식이다.

이를 게임 캐릭터로 비유하자자면 전투가 끝났을 때의 바알은 항상 체력이 1이다.

바알은 자신의 약점을 최대한 보완하기 위해 회복, 자가 수복 권능을 중점적으로 채취했다.

융 안토니오 피오나 식(式) 초 재생 호흡, 육체 시간 역행 기적 – 오버 더 레인보우(Over The Rainbow), 관측론 – 초승달 아래 벌어지는 기이.

모두 여분 목숨이라 부를 만한 회복 권능이다.

그렇기에 푸르카스의 권능이 필요했다.

육체의 파괴에서 파생되는 타격 아니라 신성에 직접 타격을 입힐 수 있는 몇 안 되는 권능, 살(殺).

회복의 권능을 지워 내야 바알의 목숨을 취할 수 있다는 게 단탈리안의 계산이었다.

그리고 단탈리안은, 태양은.

그것을 성공했다.

"분명히, 부쉈는데."

윤태양은 분명히 할 일을 했다.

완전히 부수지는 못했지만, 권능의 발현을 지우는 푸르카스의 살(殺)은 바알의 심장을 직통으로 때리는 데 성공했다.

신성 역시 절반이나 박살 냈다.

"말이 안 돼."

바알은 어떻게 서 있을 수 있단 말인가.

어떻게 손을 뻗을 수 있단 말인가.

"어떻게."

스물의 다른 초월자 앞에서 여전히 고고할 수 있단 말인가.

생각의 거듭.

단탈리안의 동공이 서서히 확장되기 시작했다.

그래.

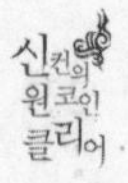

초월자라는 틀 안에서 계산했을 때는 말이 안 된다.
"설마…… 정말로."
단탈리안의 눈에 두 가지 감정이 휘몰아친다.
공포와 희열.
본인이 죽음에 이르렀음에 무섭고, 세상의 진리를 깨우쳤음에 기쁘다.
"정말로……."
바알은 초월자라는 한계를 넘었다.
동시에, '다음'이 있음을 증명했다.
카드드드드.
생각과 생각 사이.
연결 고리의 아주 작은 틈.
바알이 그 짧은 간격을 비집고 무저갱을 탈출했다.
멀쩡한 사지는 왼발뿐.
하나 형형한 안광과 영혼 안에서 화려하게 피어오르는 신성은 바알의 상태가 육체에 국한되지 않음을 대변했다.
무엇보다 단탈리안의 눈에는 보였다.
형태만 간신히 유지하고 있는 신성의 중앙에서 움트고 있는 '무언가'가.
"이건 말도 안……."
콰드득.
거친 음색으로 현실을 부정한 안드라스의 부리가 부러진다.

권능도 마나의 발출도 아니다.

모든 기능을 최소한으로 돌린 육체를 위태롭게 유지하는 바알의 악착같은 박투(搏鬪)다.

바알의 이빨이 제 66계위 마왕, 키마리스의 목을 물어뜯는다.

49계위 마왕 크로셀이 허겁지겁 등을 보이다 심장이 꿰뚫린다.

무쌍.

서로 견줄 만한 것이 없을 정도로 뛰어나다.

바알은 또 한 번 증명했다.

우두둑.

시퍼런 안광이 단탈리안을 향한다.

인식과 접근은 동시.

파라라락.

붉은 표지의 서적이 반사적으로 펼쳐졌다.

쾅! 쾅! 쾅! 콰아앙!

집착에 가까운 타격.

바알은 걸레짝과 같은 신체를 더욱 가혹하게 혹사했다.

권능, 마법.

최소한의 계산조차 불허한다.

죽음에서 도망치기 위한 용의 유언이 깨져 나간다.

나태에 빠진 마왕이 그려낸 도식 역시 깨져 나간다.

단탈리안의 동공이 급격히 수축하기 시작했다.

인간의 기준으로 1초가 채 지나지 않은 시간.

어느새 바알이라는 이름의 죽음이 단탈리안의 소매를 축축하게 적셔 오고 있었다.

'죽는다.'

생각과 동시에 단탈리안의 가슴에 구멍이 뚫렸다.

콰드드드득.

바알의 손은 소년의 뼈를 사정없이 일그러트리고 내장을 샅샅이 헤집는다.

동시에 단탈리안의 입술이 달싹였다.

툭.

소년, 단탈리안의 옷가지가 바닥에 떨어진다.

붉은 표지 역시 바닥에 떨어진다.

소년과 책은 겉만 남겨놓은 채 탈피하듯 사라졌다.

"이야. 그때나 지금이나 한결같네. 도망치는 거 하나는 일품이야."

또 다른 소년, 바알이 피 칠갑을 한 채 쾌활하게 웃었다.

그리고.

푸우우욱—.

바알의 심장을 꿰뚫은 성창.

"어라."

"이래 뵈도 신을 죽였다는 아티팩트입니다."

양팔이 없는 바알은 창을 붙잡지도 못한 채 대롱대롱 매달렸다.

"내가…… 당했네?"

"네. 제 승리입니다."

"쿨럭."

어떤 수가 쓰였는지 바알은 파악하지 못했다.

"당신의 신성. 제가 받아 가겠습니다."

"가능할 거라고 생각해?"

"……미안하지만, 더 이상의 변수는 없습니다."

"그래?"

바알이 킥- 하고 웃었다.

단탈리안은 바알의 웃음을 이해하지 못했다.

창에 꽂힌 바알의 몸체에 가려 보이지 않는 사각이 있었기 때문이다.

하늘에서 강습해 오는 네 플레이어.

그때고, 지금이고. 참으로 시의적절하다.

두 등장은 닮았지만, 닮은 만큼이나 달랐다.

처음의 등장은 바알의 죽음을 위한 것이었다.

하나 지금은, 그의 수명을 연장하기 위한 변수가 되어 주리라.

단탈리안.

당신의 과하게 좋은 손재주 덕을 좀 봐야겠어.

"카인은 어떡하지?"

"여기에 두고 가야지."

란이 묻고, 살로몬이 대답했다.

다른 의견을 내놓는 플레이어들은 없었다.

카인에게는 미안한 일이지만…… 이게 차라리 안전하다.

태양 일행이 내려가면 결계에 대한 관심은 사그라질 터다.

카인 하나 죽이자고 마왕들이 올라오면 그때는 어쩔 수 없겠지만, 그럴 가능성은 턱없이 적다.

냉정하게 따져서 다른 마왕이 카인을 노릴 이유가 없기 때문이다.

초월자도 아니다.

같은 처지인 살로몬은 그레모리의 신성이라도 가지고 있지만, 카인은 그것도 아니다.

냉정하게 생각하면 태양 일행이랑 떨어지는 게 역설적으로 카인에게는 가장 안전했다.

"웃기네."

란이 피식 웃었다.

다른 이들 역시 기계적으로 입술을 끌어 올려서 미소를 띠웠다.

메시아는 그들의 웃음이 가식임을 알았다.

그 역시 가식으로 웃고 있었으니까.

밑의 상황을 보고 있자면, 도저히 웃을 수가 없었다.

"젠장……."

강하다.

이제까지의 싸움과는 격이 다르다.

어제까지 차원 미궁을 오르던 일개 플레이어가 견딜 수 있는 종류의 전장이 아니었다.

아니, 당장 태양도 저 전장에 있었다면 뼈를 추리기 힘들었을 거다.

메시아는 그렇게 생각했다.

'우리가, 할 수 있나?'

전장에 난입하여 '저' 바알의 숨통을 끊고, '저' 마왕들 사이를 완벽하게 뚫어 내 도주에 성공할 수 있는가.

메시아는 고개를 내저었다.

질문은 의미 없다.

하기로 결정한 이상, 한다.

그것뿐이다.

"가자."

숨죽인 채 전장을 관찰하던 태양이 몸을 일으킨다.

선봉을 놓친 적이 없는 남자는 언제나 그랬던 것처럼 망설임 없이 몸을 던졌다.

-그는 날 미치게 만들어. 방구석에 앉아서 구경만 해야 하다니. 우울해.

-기억해야 해. 우리를 위해서 목숨을 던진 남자야.

-더 정확히 하자면 여동생을 위해서 목숨을 던지는 거지.

-폄하하지 마. 의도가 어떻건, 지금 윤태양은 우리를 구하고 있어.

-가족을 위한 희생. 진부하지만 그래서 더 가치 있지.

-우리가 그를 위해서 할 수 있는 일은 없을까?

-응원. 그것뿐이야. 지금은.

좌르륵 올라오는 채팅들.

그들의 말이 옳다.

윤태양은 멋있는 남자다.

메시아가 그의 발톱 끝이라도 따라가려면 수명을 태워야 한다.

아니, 수명을 태워도 불가능할지도 모르지.

"후후……."

"왜 그래?"

"아니, 내려가지."

어느새 유리 막시모프와 살로몬은 태양을 뒤쫓아 가고 있었다.

란이 뛰고, 뒤이어 메시아도 뛰어내렸다.

일행의 가장 뒤에서, 메시아는 되짚었다.
메시아라는 인간은 어떤 사람인가.
사실, 별거 없다.
그는 관심이 좋았다.
세상에서 가장 유명한 남자가 되는 게 꿈이었다.
관심병.
일부 사람들은 유사 정신 질환이라고 부르는 그런 성격.
누나는 항상 남들에게 도움이 되는 사람이 되어야 한다고 했지만, 그는 그것보다 관심을 끄는 게 더 목적이었다.
단탈리안을 미친 듯이 파고들었던 이유도 그것이었다.
이미 사회생활을 제대로 해내지 못한 메시아가 관심을 끌기 가장 좋은 방법은 단탈리안이었기에 그저 미친 듯이 파고들었던 거다.
'그래도 결국 이 녀석 뒤군.'
하나, 불만은 없다.
패배는 깨끗이 승복했다.
어쩌면 메시아 혼자만의 승부였지만.
"킥."
윤태양.
아직 지킬 게 많이 남은 남자다.
메시아와는 다르다.
누나.

누나가 있었다면 이런 나를 말렸을까?

미친 듯이 찾고, 미친 듯이 기도했지만, 누나는 나타나지 않았다.

그랬다.

별림.

그녀에게 했던 말은 사실 누나에게 해 주고 싶었던 말이었다.

누나가 살아 있었다면 남을 돕겠다고 꼭 별림처럼 나대려고 했을 테니까.

하지만 누나는 없었고, 메시아는 별림에게 했다.

'그거면 됐지.'

메시아는 수호신수를 섭취했다.

그리고 얻은 건 정말 간단했다.

자아 성찰.

자신을 앎.

인간 오웰 퍼거슨의 기원.

흡혈귀 메시아의 기원.

오웰 퍼거슨이 한 일.

메시아가 할 일.

그리고 현재, 그가 할 수 있는 일.

쿠드득.

온전히 남아 있는 오른손이 스스로의 심장을 헤집었다.

흡혈귀의 유전자 인자를 짚는다.

피라는 매개를 통해 태초를 향해 거슬러 올라간다.

흡혈귀라는 종족의 시조.

이지(理智) 따위는 없는 마물.

그런 마물 주제에 대를 이어 갈 수 있는 존재로 각성한 초월자.

메시아가 기어코 유전자 인자에 각인된 시조의 흔적을 꺼냈다.

탄생의 암막.

흡혈귀가 탄생한 가장 순수한 어둠.

한 흡혈귀의 소멸을 매개로 지나치게 가치 있는 동시에, 덧없는 것.

삐이이이-.

사위가 어둠으로 물들었다.

삐이이-.

이명이 울렸다.

한밤중 정적 속에서 아무 이유 없이 들려오는 그런 소리였다.

피곤하거나, 소음이 없는 새벽녘 어딘가에서 들려오는 소리가 묻히지 않고 사람의 귓구멍까지 도달했다거나, 과하게 집중했다거나, 혹은 귀신이 귓구멍에 바람을 불어넣는다거나.

이명의 원인은 과학적인 이유부터 미신적인 이유까지 많았다.

확실한 건 살면서 한 번쯤은, 사람은 이명을 듣는다는 사실이다.

태양은 처음에는 이 이명의 원인이 극도로 몰입한 집중이라고 생각했다.

'……맞나?'

언어로 설명하기 어려운, 그런 감각.

정적 속의 이명.

작살에 꿰인 물고기처럼 펄떡이는 바알.

그 밑에서 뒤늦게 자신을 발견한 단탈리안.

세상이 무채색으로 변한다.

아니, 검게 물든다.

태양의 시야에 담긴 배경이 이명에 걸맞게 변해 가기 시작했다.

황금빛으로 물든 구름이 가장 먼저 지워졌다.

주홍빛 지평선 역시 지워졌다.

엉망으로 파헤쳐진 흑갈색의 대지도, 처참하게 널브러진 몇몇 마왕의 시체도.

침을 튀기며 고래고래 소리를 지르는 마왕들도.

작렬한 권능의 여파로 휘몰아치던 갈색 연기도 역시 형체를 잃고 검은색으로 덧씌워졌다.

어둠은 너무나도 자연스럽게 다가왔다.

마치 처음부터 그 자리에 있었던 것처럼.

파앙.

강습하는 태양이 허공에서 다시 한번 가속도를 받았다.

어둠 속에서도 황금빛 빛을 뿌려 대는 창이 움찔, 떨린다.

여전히 단탈리안은 태양을 발견하지 못했다.

바알 덕분이었다.

태양의 강습을 알아챈 바알은 그게 본인이 살아날 유일한 변수임을 곧바로 파악했다.

적의 적은 아군.

바알은 창에 꿰인 채로 교묘하게 시선을 가려 강습하는 태양을 단탈리안의 시야에서 차단했다.

'아니, 그걸 떼어 놓고 생각한다 해도 알아채는 게 늦기는 했는데…….'

생각은 찰나의 상념으로 지나간다.

태양의 마나가 회로를 역으로 타고 주행하기 시작했다.

대포를 장전하듯이 태양의 어깨가 열린다.

단단하게 쥔 오른손에 이제는 익숙하게 난폭한 마나가 제멋대로 맥동한다.

달그락.

허리에 찬 카인의 검에서 난 미세한 마찰음.

'……!'

드디어 단탈리안이 태양을 발견했다.

어쩌면 카인이 검을 내주지 않았다면 끝까지 들키지 않았을까. 물론 그렇다고 카인이 원망스럽지는 않았다.

후웅.

공간을 지르는 태양의 주먹.

경악한 단탈리안의 동공이 급격히 확장된다.

당황할 만도 할 거다.

태양 역시 놀라고 있었다.

단탈리안 정도 되는 마왕이 이렇게 가까이 다가올 때까지 아무런 움직임이 없을 줄이야.

역천지공(逆天之工)-파천(破天).

콰드드드드득!

단탈리안의 어깨가 단숨에 파열된다.

심장을 노렸으나 단탈리안의 기민한 대응 역시 만만찮았다.

"날래네. 마법사 주제에."

물론 초월의 수준에 다다라서는 그런 구분이 의미가 없다는 사실 정도는 알고 있었다.

그렇기에 이건 단순히 도발이다.

태양이 피식 웃었다.

직전 바알에게 당한 일격이 오른쪽 가슴을 꿰뚫고, 태양의 일격은 왼쪽어깨를 파열.

"몰골이 꼭 스테이플러로 찍힌 것 같다?"

입과 표정은 충실히 도발을 수행하면서도 몸은 놀지 않는다.

아직 파천의 잔재가 남아 있는 태양의 오른손에 음울한 분홍빛 번개가 휘감겼다.

"네가 아는지 모르겠는데 한국에는 이런 속담이 있어."

살(殺).

"검은 머리 짐승은 거두는 게 아니라고."

"아아, 알고 있습니다. 인간들 사이에서 전해지는 격언."

신체 곳곳이 반파된 소년 단탈리안은 어느새 건장한 청년의 형상을 하고 있었다.

"저도 하나 아는데."

"하, 지구의 격언도 수집하셨어? 시간이 많으신가 봐?"

짧은 대화.

단탈리안의 어깨 위에 떠 있는 붉은 표지는 그사이에도 책이 거칠게 페이지가 넘어갔다.

"토사구팽(兎死狗烹)이라고, 아시나 모르겠습니다."

"거참, 너랑 딱 어울리는 사자성어네."

쿠웅.

이제 권능의 영역에 다다른 진각은 지면과의 접촉만으로 공간을 울린다.

정의행(正義行) 4식 - 천굉(天轟): 윤태양식(式) 어레인지.

카가가가가가가강!

공간이 통째로 울린다.

하늘을 울리는 굉음이 퍼져 나온다 하여 천굉.

초월자의 위에 올라선 태양이 전력으로 펼치는 정의행의 4식

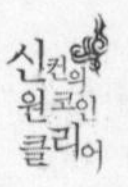

은 어느새 차원에 부하를 줄 정도의 위력이 되어 있었다.

거칠게 넘어가던 책이 멈춘다.

파라락.

동시에 단탈리안이 제 손을 얼굴로 가져갔다.

손에는 아무것도 없건만, 꼭 무언가 쓰는 시늉이었다.

"어딜!"

뻗어 나가는 태양의 주먹.

유리 가면.

쨍그랑.

단탈리안의 형체가 유리처럼 깨져 나갔다.

하나 태양은 차갑게 입술을 비틀어 올렸다.

"미안한데, 그럴 줄 알았어."

우드득.

전력으로 단탈리안을 겨냥하던 태양의 자세가 뒤틀린다.

정의행(正義行) 오의(奧義) - 운명(運命).

현세에 간섭해 법칙을 뒤트는 정의행의 오의가 태양의 육체를 일그러뜨렸다.

태양이 바꾼 것은 단 하나였다.

뻗어 낸 천광의 목표.

애초에 단탈리안이 아니었다.

태양의 목표는 처음부터 명확했다.

바알의 사살.

그리고 신성 탈취 후 도주.

차원을 울리는 위력의 천굉의 방향이 창끝으로 틀어졌다.

"그건!"

뒤늦게 허공에서 나타나는 단탈리안.

바알과 같은 먹잇감을 다 잡아놓고 놓치는 건 실리를 중요하게 생각하는 단탈리안으로서도 용납할 수 없는 일인 모양이었다.

그리고 그 순간 방해자가 나타났다.

태양과 같이 강습한 세 명의 플레이어.

란, 살로몬.

그리고 유리 막시모프.

스킬합성.

이데아(idea) 접속 + 엑셀러레이터(Accelerator).

세계 소환: 완성(完成).

이데아.

인간의 관념 속에 존재하는 완벽한 세계.

그 세계에 속해 있던 '완벽한' 무구를 액셀러레이터라는 스킬을 통해 사출한다.

불완전한 세계가 감당하지 못하는 '완전한' 무구의 비.

풍술(風術) – 속박.

거기에 더해 란의 바람이 단탈리안의 몸체를 속박한다.

오로지 란의 의지에 의해서 제어되는 바람은 세상 어떤 것에도 간섭의 여지를 주지 않으며 단탈리안의 신체를 옭아맸다.
스모크 매직: 스페이스 폴루션(space pollution).
거기에 더해 단탈리안 주변의 마나가 반푼이로 변한다.
이러나저러나 단탈리안이 '마법사' 출신임을 완벽하게 타게팅한 살로몬의 한 수였다.
마법을 사용할 수는 있겠으나, 양질의 마나를 공급을 차단한다.
본래 단탈리안이었다면 대수롭지 않게 떨쳐 냈을 수.
권능에 달한 란의 풍술 역시 단탈리안 본인이 가지고 있는 수십 개의 권능 중 하나로 대처하면 되었을 것이고.
권능에 도달하지도 못한 기술 둘은 말할 필요도 없다.
하나 지금 단탈리안의 상태가 발목을 잡았다.
또한 이유를 알 수 없이 내리깔린 어둠도 그의 발목을 잡았다.
'빌어먹을!'
수십 가지 조건이 단탈리안의 1초를 기어코 빼앗았다.
파라라라락.
공간 변화.
발목을 잡힌 시간은 극단적으로 짧았다.
숨 한 번 들이쉴 정도, 즉, 한 호흡.
그리고 그 한 호흡은.
콰드드득.

"커헉……."

창에서 빠져나가기 위해 필사적으로 몸부림치던 바알의 최후를 결정짓기에 충분했다.

심장이 완파 당한 바알의 신형이 하늘로 솟구쳐 오른다.

태양이 그를 따라 뛰었다.

동시에 허리춤에 매단 검을 뽑아 들었다.

스릉.

성검에 담긴, 타천사 루시퍼의 권능이 빛을 발했다.

샛별.

바알이 스스로 베이기를 원하며 카인에게 넘겼던 권능, 바로 샛별.

카인의 성검에 담긴 루시퍼의 샛별이 기어코 바알의 몸뚱이를 그었다.

'후회는…… 없나?'

메시아는 강습 직전 방송을 강제로 1차원 스트리머 시점으로 고정했다.

아무리 관심이 좋아도 자살하는 모습을 보여 줄 수는 없는 노릇이기 때문이다.

생방송과 더불어 재생산되는 메시아의 방송은 적어도 몇 천만, 화제가 될 경우에는 억 단위의 사람들에게 노출될 수 있다는 사실을 생각하면 더더욱.

껌뻑.

눈을 깜빡일 때마다 정신이 흔들렸다.

아니, 정신이 흔들릴 때마다 시야가 암전하는 건가.

메시아 스스로 판단하기가 어려웠다.

—갑자기 연결이 안 되네.

—어, 됐다.

—연결이 부정확한 것 같아.

—태양의 방송에서는 이런 일이 없었는데. 미국은 한국에게 전기 설비에 대해서 배워야 해.

—진심으로 그렇게 생각하는 건 아니지?

—인터넷 연결 속도만큼은 한국을 따라갈 나라가 없지 않아?

—메시아 자택에 전기 연결 이상한 것 같은데?

—일시적인 방송 이상인가?

—맞든 아니든 당장 사람을 불러야 해. 캡슐에 문제 생기면 플레이어의 목숨에도 지장이 있을 수 있어.

—메시아 어디 산다고 했지? 메사추세츠?

'음.'

방송이 퓨즈가 나간 것처럼 꺼졌다 켜지는 모양이었다.

메시아는 뭐라고 말해 주고 싶었지만 할 수 없었다.

탄생의 암막을 시전한 순간부터 육체 제어권은 메시아의 소유가 아니게 되었기 때문이다.

—그냥 기절한 거 아니야?

—1인칭 방송은 플레이어 의식에 따라 일시적으로 이러는 경우도 있어.

—죽으면 아예 꺼지고.

—메시아, 귀찮겠지만 1인칭 꺼 줄 수 있어?

그나마 다행인 건, 메시아의 동공이 가장 중요한 장면을 확실하게 담았다는 것이었다.

바람과 신체의 각도가 맞아떨어져서 가질 수 있었던 행운이었다.

태양의 강습.

단탈리안과의 짧은 대결.

단탈리안의 후퇴. 그리고 유리 막시모프와 란, 살로몬의 합세.

바알을 죽이는 태양의 멋들어진 칼 놀림까지.

'흡혈귀라서 다행이군.'

흡혈귀의 시조 탄생한 가장 순수한 어둠, 탄생의 암막은 그

안에 들어간 모든 생명체의 오감을 빼앗았다.
그 작용은 일시적이었지만, 초월체마저도 대상으로 했다.
유일하게 암막에 영향을 받지 않는 대상은 딱 하나.
바로 흡혈귀였다.
뭐, 애초에 암막을 만들어 낸 거 자체가 메시아였지만.
'운 좋은 줄 알아. 친구들. 태양의 방송에서도 이렇게 좋은 각도에서 볼 수는 없었을걸?'
메시아가 속으로 혼자 중얼거렸다.
사람들이 메시아의 변고를 의심하기 시작한 것은 그때쯤이었다.

–다른 애들 다 전투에 돌입했는데 메시아는 왜 아직도 허공에서?
–무슨 일이 있나?
–메시아. 뭐 하는 거야.
–메시아? 말이라도 해 줘.
–이상한데.

다른 플레이어들은 공기 저항을 최소화하는 자세와 더불어 마나를 이용해 가속하기까지 했다.
하나 진즉 신체의 제어권을 잃은 메시아는 공기 저항을 이리저리 받으며 날아가는 탓에 다른 플레이어들보다 낙하 속도가 훨씬 느렸다.

—어?

—메시아.

—대답 좀…

—메시아?

—이봐.

—오, 신이시여.

대지가 가까워질수록 채팅 창의 속도가 빨라졌다.

메시아는 짧은 유언이라도 남기고 싶었지만, 메시아의 몸 상태는 그것조차 허용하지 않았다.

'그건 좀 아쉽네.'

100m.

50m.

10m.

5m.

퍼억.

삐이이이이—.

인터넷 방송 역사상 두 번째로 많이 본 방송이 영원히 꺼지는 순간이었다.

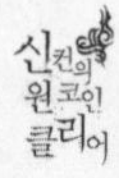

칠흑 같은 어둠은 금세 사라졌다.

유리 막시모프, 란, 살로몬은 동시에 서로를 확인했다.

세 플레이어의 동공은 곧 한곳에서 수렴했다.

창백한 피부의 남자가 모래에 죽은 듯이 누워 있었다.

—……죽었어.

현혜의 나지막한 목소리.

란 역시 메시아의 시체를 보며 중얼거렸다.

"그는…… 우릴 위해 희생한 거야."

태양도 고개를 끄덕였다.

강습할 땐 느끼지 못했지만, 다시 생각하면 그가 느꼈던 위화감은 권능의 발현에서 나타난 것이었다.

—이거 메시아 스킬이었음?

—메시아는... 말 그대로 메시아네.

—메시아 없었으면 다 죽었지.

—당신의 희생은 잊지 않겠습니다.

—목숨을 코스트로 쓴 스킬인가.

—ㄷㄷ 그러면서까지 쓸 이유가 있었나;

—있었지. 윤태양이 불 꺼진 상태로도 고전했는데.

—다른 마왕들한테 합공당했으면 백퍼센트 나가리였음.

—ㄹㅇ…

전투 직전에 사위를 드리운 어둠.
어둠은 태양 일행의 시야도 공평하게 가렸지만, 덕분에 강습이 성공했다.
객관적으로 그랬다.
유리 막시모프와 란, 살로몬의 합공은 단탈리안을 아주 잠깐 저지하는 건 성공했을 뿐이었다.
다른 마왕들의 개입이 있었다면 100% 실패했으리라.
유리 막시모프 역시 고개를 떨어뜨렸다.
표정이 보이지 않는 가운데 눈물이 한 방울 떨어졌다.
메시아를 애도하는 시간은 거기까지가 끝이었다.
스모크 매직 : 더스트 게이트(Dust Gate).
따악.
반대편에서 단탈리안이 곧장 대응했다.
비환상지대(非環象地帶).
“커헉.”
살로몬이 캐스팅한 스펠이 무위로 돌아갔다.
그에 대한 반동으로 살로몬이 피를 토하고, 동시에 란이 부채를 휘둘렀다.
후우우웅—.
세 플레이어가 허공으로 솟구쳤다.

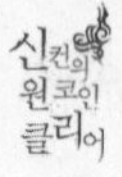

"어딜!"

단탈리안이 그들을 향해 뛰어오르려는 찰나, 태양이 달라붙었다.

파아앙!

공간을 격하고 나타난 태양의 몸이 바닥과 평행을 이룬다.

깔끔한 자세의 드롭킥.

두 팔을 십자로 가드한 단탈리안의 동체가 한참이나 멀리 튀어 나갔다.

단탈리안이 태양의 오른손을 보며 입술을 일그러뜨렸다.

여기저기 금이 가고 벗겨진 동그란 구슬.

바알의 영혼 안에 잠겨 있던 신성이 태양의 손에 물체가 되어 잡혀 있었다.

"태양, 여기까지 하시죠."

"뭐?"

"바알의 신성. 그것만 넘기시면 당신을 쫓지 않겠습니다."

단탈리안의 말에 태양이 웃었다.

"너무하네. 네 말 따라서 목숨 걸고 바알까지 죽여 줬는데, 이거 하나 포기 못 해?"

"……말로 해서 될 것 같지는 않군요."

"미안한데, 난 너를 좀 싫어하는 편이라서."

태양이 단탈리안에게서 빨아먹을 수 있는 단물은 끝.

단탈리안과의 동침은 여기까지다.

"하."

청년의 형상으로 웃는 단탈리안.

이마에 곧게 솟은 핏대가 인상적이다.

태양이 곧장 진각을 밟았다.

쿠웅.

충분히 실린 무게.

태양의 오른쪽 허벅지가 탄력적인 움직임을 예비하기 위해 충분히 이완했다.

동시에 오른발 주변에서 은하 형태로 끌어오르는 마나.

'스타버스트 하이킥.'

태양의 동작을 예측한 단탈리안이 방비를 굳히는 순간, 태양이 피식 웃었다.

"쫄기는."

투우웅!

태양의 신형이 허공으로 솟구쳤다.

먼저 움직인 란과 살로몬, 유리 막시모프를 쫓아서.

동시에 단탈리안과 마왕들의 견제가 빗발친다.

"태양!"

후우욱—.

시기적절한 타이밍에 도착한 살로몬의 연기가 태양의 몸을 덮었다.

태양의 몸이 공간을 격하고 한참이나 떨어진 상공에서 나타

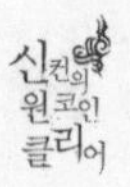

났다.
단탈리안이 태양 일행을 올려다보며 오른손을 뻗었다.
쫓아 찢는 창 - 지오(Zio).
몇몇 마왕의 얼굴에 경악이 서린다.
"지오가 단탈리안의 손에……!"
"그렇다면 푸르손의 보물고를 털었던 도둑이 단탈리안 당신이었던 거야?"
신창(神槍) 지오.
어느 차원의 영웅 지오가 던진 신창은 세계를 일곱 바퀴 반을 돌아 기어코 악룡의 심장에 꽂혔다.
권능이 담긴 아티팩트는 반드시 목표물에 꽂혔다.
현세의 법칙을 비틀어 과정 없이 결과에 다다르는, 초월자들도 군침을 흘리며 달려들었었다.
과거 그 승리자는 제 20계위 마왕, 허위의 푸르손이었다.
'내가 훔쳤지만.'
단탈리안이 마왕들을 흘겼다.
"바알의 신성을 놓치는 꼴. 이대로 보고만 있을 겁니까?"
"……."
"제 몫을 찾고 싶으면 1인분을 하셔야 하지 않겠습니까?"
단탈리안의 말에 마왕들이 반발한다.
"지금 그 말은…… 약속을 지키지 않겠다는 이야기냐?"
"네놈……."

스물의 마왕과 척을 지는 건 솔직히 부담스럽지만 바알에 의해 숫자가 줄어든 지금은 이야기가 다르다.

단탈리안은 그들을 이길 자신은 없었지만 그들에게서 도망칠 자신은 차고 넘쳤다.

"제가 약속을 지키지 않을 것 같으면…… 빠릿하게 움직여서 쫓아 오셔야 하지 않겠습니까."

콰득.

단탈리안의 오른손에 힘줄이 새겨진다.

'균열.'

차원을 넘어서 도망칠 의도.

뻔한 동시에 당연한 선택이다.

술래는 도망치는 이를 좁은 공간으로 몰아야 잡기 쉽고, 도망치는 이는 넓은 공간으로 나가야 도망치기 쉬운 법이니까.

투웅.

신창 지오가 태양의 심장을 겨누고 쏘아진다.

동시에 단탈리안이 창의 끝자락을 붙잡았다.

쒜애애애액.

신창 지오는 현세의 법칙을 비튼다.

하나 단탈리안은 확신했다.

지오는 윤태양의 심장을 꿰뚫을 수 없다.

태양 역시, 현세의 법칙을 비틀 수 있었기에.

콰드드득!

균열을 향해 나아가던 태양이 번뜩 고개를 돌린다.

동시에.

정의행(正義行) 오의(奧義) - 운명(運命).

콰아아앙!

반드시 태양의 심장에 꽂혔어야 할 신창이 허무하게 나가떨어졌다.

신창을 붙잡고 있던 단탈리안 또한.

단탈리안은 윤태양을 꽤나 오랜 시간 관찰했지만 이런 장면마다 감탄을 금할 수가 없었다.

'본능인가. 아니면 그 짧은 시간에 해낸 계산인가.'

전투에 한해서는 언제나 완전무결한 선택지를 골라낸다.

0.1초의 사유조차 허락되지 않았는데도 결과는 언제나 성공적이다.

"이 또한 하나의 권능에 가깝지 않은가."

"뭐라는 거야."

콰드득.

힘없이 바닥으로 추락하던 지오가 스스로 움직여 태양의 심장을 겨눈다.

그사이 태양 일행은 처음, 강습을 논의했던 란의 구름 결계에 들어왔다.

마왕들이 내려왔던 구멍 바로 옆에 있는 결계.

카인은 여전히 의식을 차리지 못했다.

"살로몬, 유리 막시모프. 여기서 헤어진다."

"괜찮겠어?"

"어. 상관없을 거야. 바알의 신성을 가지고 있는 건 나야. 일부러 실체화해서 기운도 뿌리고 있고. 마왕들은 너희에게 인원 배분을 할 여유가 없을 거야."

"아니, 우리 말고 너희. 이 너머가 안전하다는 건 순전히 우리 예상이잖나. 만약 우리가 틀렸다면……."

"여기까지 왔는데, 믿고 가야지."

차원의 경계.

본래라면 65층 스테이지의 경계가 차원을 억지로 비집고 들어가면 초월자인 태양과 란은 커다란 반작용을 겪어야 한다.

하나, 반작용은 없을 거다.

아마도.

"이미 다 부서졌을 테니까."

당장 64층도 수많은 권능의 향연을 감당하지 못한 차원이 스스로 붕괴 중이었다.

65층 위의 차원은 마왕들 간의 전투로 이미 싹 다 붕괴했어야 정상이다.

애초에 붕괴했기에 차원에 구멍이 뚫린 것이 아니던가.

"어디까지 갈 거야?"

"끝까지."

태양의 말에 살로몬이 웃었다.

"이미 작살 난 스테이지지만, 클리어하면 쉼터로 돌아갈 수 있을 거야. 쉬고 있으라고."

"가자!"

란과 태양이 하늘에 난 구멍을 향해 뛰어들었다.

구멍을 통과하기가 무섭게 날카로운 예기가 태양의 심장을 향해 쏘아졌다.

콰드드드득!

쫓아 찢는 창, 지오다.

태양이 다시금 창을 쳐 냈다.

"귀찮게!"

초토화된 65층.

이번에는 창을 놓은 단탈리안이 우아하게 바닥에 착지했다.

"도망칠 수 있다고 생각하십니까?"

그리고 뒤늦게 마왕들이 태양 일행 주변을 에워쌌다.

지친 기색.

생각만큼 매섭지 않은 추격.

란과 태양이 눈을 맞췄다.

'예상보다 더 할 만한데.'

'나쁘지 않아.'

하나 스테이지의 반발을 몸으로 버텨 낸 마왕들이다.

당장 보이는 숫자도 단탈리안과 제파르 등 여섯뿐.

정면으로 맞부딪치는 건 모르지만…… 도망 정도는 충분히 가능해 보였다.

"태양. 잘 생각하십시오."

"징그럽게 왜 이렇게 질척거리실까."

후웅.

분명 청년의 모습을 하고 있었던 단탈리안이 삽시간에 외알 안경을 쓴 중년으로 변했다.

기다란 지팡이를 땅에 찍은 중년의 단탈리안이 굵직한 목소리로 중얼거렸다.

"통합 쉼터에 있는 여동생을 생각하셔야 하지 않겠습니까."

—흐읍…….

저도 모르게 숨을 들이쉰 현혜의 숨소리가 태양의 귓가를 스쳤다.

"아, 그거."

태양은 필사적으로 복부에 힘을 줬다.

"그래요. 당신이 도망칠 수 있을지도 모르죠. 하지만, 당신 동생은 그렇지 않다는 사실을 알잖습니까."

담담하게.

목소리, 눈동자, 호흡.

하나라도 떨리는 순간 끝이다.

입 안을 짓씹어 가며 표정을 유지한 태양이 단탈리안을 바라봤다.

태양의 두 눈에서 일말의 광기가 스쳤다.

"내가 생각을 좀 해 봤거든? 단탈리안 너에게 바알의 신성이 얼마나 중요한지."

단탈리안은 바알을 죽이기 위해 태양에게 신성을 떼어 줬다.

태양을 성장시키기 위해 다른 마왕과 척을 지는 행위도 서슴없이 했다.

그런 동시에 20명의 마왕을 설득하고, 작전에 한해서지만 부하처럼 부리기까지 했다. 거기에 더해 심지어 수십 개의 권능을 엮어 대(對) 바알 전용 마법을 개발하기까지.

얼마나 많은 자원을 쏟았을까.

얼마나 많은 시간을 투자했을까.

태양이 낸 결론은 하나였다.

"내게 별림이 소중한 만큼 단탈리안, 당신에게도 바알의 신성이 중요하다."

"과연 그럴까요?"

태양은 단탈리안의 반문에 대답하지 않았다.

대화가 길어질수록 불리해지는 건 태양이다.

"후."

태양이 오른손에 쥔 바알의 신성을 가슴께로 들어 올렸다.

명확한 사실.

지금 이 순간, 실질적인 주도권은 단탈리안에게 있다.

단탈리안이 등을 돌려 별림을 죽이러 가는 순간 태양은 그를 쫓아야만 한다.

이 상황에서 명백한 강자는 단탈리안이다.

반대로 명백한 약자는 태양이다.

자신이 약자임을 견지했으니, 약자의 입장에서 문제를 해결해 나가야 한다.

그렇다면 약자가 선택할 수 있는 방법은 무엇인가.

강자는 으르렁거리는 기색만 내어도 문제가 해결된다.

약자는 칼을 빼들지 않으면 해결이 되지 않는다.

덩치 큰 집단의 말에 무게감이 실리는 건 당연한 일이다.

그렇기에, 약한 쪽은 극단적인 방법을 선택할 수밖에 없다.

핵병기 개발.

국경에 병력을 모으는 시위.

그리고 상대방을 공포에 빠뜨리는 행위, 테러.

모든 약한 집단이 테러리즘을 바탕으로 문제를 해결하려고 하지는 않지만, 테러리즘으로 문제를 해결하려는 집단은 대부분 약하다.

테러가 허용되는 행위냐는 사실은 미뤄 두고, 사실이 그렇다.

"그러니까, 나는 상호파괴적인 제안을 할 수밖에 없어."

"무슨……."

태양이 주먹이 바알의 신성을 으스러뜨렸다.

콰드드득.

반쯤 금이 간.

알처럼 한쪽은 깨지고, 무언가 피어 나오고 있는 신성.

단탈리안의 눈썹이 휘었다.

제파르와 다른 마왕들 역시 움찔했다.

바알의 신성.

21명의 마왕이 이거 하나만을 위해 연합했다.

태양은 망설임 없이 바알의 신성을 제 가슴에 박아 넣었다.

본래 비물질이었던 신성.

태양의 손에 잠시 물체가 되었던 바알의 신성이 다시금 태양의 영혼에 박혀 비물질이 되었다.

태양의 신성.

반파된 주제에 태양의 신성만큼이나 거대한 바알의 신성.

융화가 시작됐다.

"당신이 바알의 신성을 감당할 수 있을 것 같습니까? 아무런 준비도 없이?"

"모르지. 사실 상관없어. 이건 타임어택이거든."

"당신……."

"그래. 잡아 보라고. 날 잡으면, 너희들의 승리."

단탈리안이 눈썹 하나 꿈쩍하지 않고 대답했다.

"미안하지만 저는 당신을 쫓을 생각이 없습니다. 당신이 도망간다면 별림 양을 죽여야겠군요."

거칠어지려는 호흡부터 빨라지려는 심장박동까지.

태양은 이 순간 모든 신체 반응을 통제했다.

그리고 대답했다.

"그래. 그러면 나는 피눈물이 나겠지. 피눈물을 흘리면서 저 위로 갈 거야. 그래. 사람들이 많은 쪽으로."

태양이 위를 가리켰다.

쿠르르르르릉.

공간이 진동한다.

지금 이 순간, 차원 미궁 전체가 하나의 커다란 전장이었다.

저 위에 누가 있는가.

마왕들의 안색이 새파래졌다.

바알의 신성이 윤태양의 소유가 되는 게 아니라, 다른 마왕의 소유가 된다면.

기실, 아가레스나 바르바토스와 같은 마왕의 소유가 된다면?

단탈리안이고 그들이고, 동시에 닭 쫓던 개 신세가 된다.

"감당할 수 있겠습니까?"

"넌 강하고, 난 약해. 이기려면 아픔은 감당해야지."

강렬한 안광.

단탈리안이 태양의 의중을 파악하기 위해 필사적으로 머리를 굴리는 사이, 태양은 씨익 웃으며 한마디를 보탰다.

"쫄리면 뒈지시든가."

"쫓아!"

단탈리안의 신창 지오.

제파르의 공간 도약.

마왕들은 수십 가지 방법으로 도망치는 태양을 쫓았다.

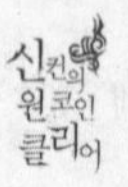

태양과 란은 그에 풍술과 아라실을 이용한 입체 기동으로 곡예에 가까운 추격전을 펼쳤다.

1초마다 던져지는 선택의 기로.

한 번이라도 틀리면 사망.

태양은 되뇌었다.

"살 수 있어."

"살 수 있어!"

살 수 있다.

빠져나갈 수 있다.

별림이는 죽지 않는다.

지구로 돌아갈 수 있다.

무아지경에 빠진 태양.

그에게서 비롯된 란의 신성이 공명하여 둘의 의식이 일시적으로 연결되었다.

태양을 노리는 마왕들의 권능을 란의 풍술이 교묘하게 틀어낸다.

란을 노리는 마왕들의 공격을 태양이 기민하게 쳐 낸다.

그것은 말하자면 역대 가장 빠른 스테이지 주파였다.

65층, 66층, 67층.

퍼어억.

"태양!"

기어코 단탈리안의 신창이 태양을 꿰뚫었다.

다행히도 심장을 비꼈다.

68층.

카가가가각.

거미줄 형태의 권능이 정령의 목을 움켜쥔다.

-나는 여기까지군…….

태양의 영혼에 복속되어 움직이던 폭풍의 정령 군주, 아라실이 역소환 당했다.

69층.

마왕, 제파르가 란의 풍술을 해체했다.

"란!"

"오지 마!"

태양이 처음으로 도망치던 몸을 돌렸다.

'빌어먹을.'

계산이 틀렸나.

단탈리안이 차가운 눈으로 태양을 응시했다.

"그러게. 감당도 못할 짓을……."

파라라라락!

"왜 그렇게 하셨습니까."

콰득.

단탈리안의 주먹이 쥐어졌다.

사방에 올가미처럼 메어진 마나가 주박이 되어 태양의 사지를 결박하려는 순간.

퍼어어어억-.

거대한 화살이 단탈리안의 심장을 꿰뚫었다.

밉상인 주제에 사회에서 인정까지 받는 것은 쉽지 않은 일이다.

인정은 객관보다 주관에 더 기대는 영역이기 때문이다.

과거 서구권의 스포츠 판에서 흑인 스타, 동양인 스타가 나오기 어려웠던 이유 역시 이와 일맥상통한다.

동양인은 신체 능력이 떨어지고 소심해.

흑인은 주변 친구들의 말에 너무 쉽게 휩쓸리고, 마약을 할 가능성이 커.

과거 그들의 영입을 부정적으로 만든 인식들.

실제로 동아시아인들은 다른 인종에 비해 운동 능력이 떨어지는 경향이 있지만, 그게 선수 개인의 능력을 깎아내릴 이유가 되지는 않는다.

흑인 역시 마찬가지다.

하나 이 인식이라는 건 그렇게 객관적으로 작용하지 않았다.

심한 경우는 실제로 결과를 내도 그것을 '운'이라는 요소로 치부해 버리는 경우까지 있을 정도다.

그렇다면 이런 부정적인 인식을 깨부수기 위해 필요한 것은 무엇일까.

능력이다.

압도적인 능력.

다른 표본과 비교를 할 수 없을 정도로 압도적인 능력은 평가를 주관이 아닌 객관의 영역으로 가져갈 힘이 있다.

단탈리안이 그랬다.

그는 항상 뒤에서 판을 조작하고, 직접적인 전투는 항상 최소한으로 가져가려고 애썼다.

다른 마왕들은 단탈리안을 음험하고, 소름끼치는 인물로 대했다.

능력을 폄하받기 굉장히 적합한 위치.

하지만 그는 크고 작은 판에서 언제나 승리했다.

상대와 상관없이 단탈리안은 항상 웃었다.

가장 값진 보상 역시 항상 단탈리안의 몫이었다.

당장 태양도 단탈리안이 푸르카스를 얼마나 세탁기처럼 돌려댔는지 목격하지 않았던가.

단탈리안을 보며 이를 갈던 푸르카스는 결국 꼬리를 말고 태양에게 자신의 시그니처 권능인 살(殺)을 빼앗겼다.

바르바토스를 비롯한 마왕이 은근히 뒤에서 푸르카스를 조력했음에도 불구하고 일어난 참사였다.

객관적으로 단탈리안은 강했다.

태양 역시 마왕의 폐부를 찌를 정도로 강해지긴 했지만, 단탈리안에게서 승리를 점칠 정도는 아니었다.

–너 혼자서는 힘들어. 객관적으로 그래.

"그렇지. 플레이어들이 다 모여도 힘들어."

–다른 돌파구가 필요해.

현혜와.

그리고 다른 플레이어들과 머리를 맞대 고심한 끝에 낸 해결책.

그것이 바로 바르바토스였다.

차원 미궁에서 강력한 세를 자랑하는 바르바토스 역시 태양에게는 위험 요소가 분명했다.

하지만 동시에 '저' 단탈리안을 상대로 가감 없이 이를 드러낼 수 있는 몇 안 되는 존재라는 사실은 부정할 수 없었다.

이이제이(以夷制夷).

오랑캐는 오랑캐로 물리친다.

바르바토스가 생각보다 위층에 있어서 일이 틀어질 뻔했지만, 다행이도 아슬아슬하게 맞췄다.

"바르바토스……."

가슴이 뻥 뚫린 단탈리안의 입에서 피가 주르륵 흘러내린다.

붉은 표지 서책의 페이지가 빠르게 넘어가며 마법을 사용하지만 상처는 전혀 치료되고 있지 않았다.

"드디어 잡았군."

화살이라기보다는 단창이라고 지칭할 크기.

단탈리안의 가슴을 꿰뚫은 화살은 성인의 팔뚝만 한 두께의 흉악한 물건이었다.

커다란 화살 안에 꽉꽉 눌러 담은 바르바토스의 권능이 단탈리안의 폐부를 난폭하게 뒤집었다.

쿨럭.

피 섞인 기침을 크게 내뱉어 낸 단탈리안은 곧장 화살을 뽑아냈다.

콰드드득.

"어딜!"

쐐애애액!

곧장 대궁에 화살을 먹이는 바르바토스.

하지만 이번에는 단탈리안이 빨랐다.

유리 가면.

쨍그랑!

단탈리안의 형체 깨진 유리가 되어 바닥에 후두둑 떨어지고, 뒤늦게 단창이 박혔다.

"하, 도망칠 수 있을 것 같나!"

바르바토스는 사냥꾼 태생의 초월자다.

그리고 일반적으로 사냥꾼은 덫과 끈질긴 추적으로 자신보다 강대한 짐승을 사냥하는 존재를 일컫는다.

단탈리안의 신출귀몰함도 바르바토스 앞에서는 빛이 바래질 수밖에 없다는 이야기다.

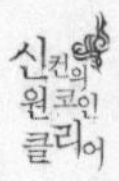

나인 테일(Nine tail).

끼기기기기긱.

당겨진 시위에 9개의 화살이 얹어진다.

투웅.

스스로 의지를 가진 것처럼 허공을 헤집는 화살들.

곧 단탈리안이 은신을 깨고 등장했다.

강철 갑옷을 입은 야만인 전사와 같은 몰골이었다.

바르바토스가 입술을 비틀었다.

"모습을 바꾼다고 상처가 나을 것 같나!"

천변(千變).

번뇌를 관조하는 서른여섯 번째 눈.

1천 명의 단탈리안이 생겨나고, 동시에 999명의 단탈리안이 형태를 잃는다.

-……완벽한 카운터네.

"이 정도일 줄은 몰랐어."

바르바토스의 증오를 이용해 추격을 떨쳐 낼 생각은 했으나, 이 정도로 전투가 압도적으로 이어지는 건 예상하지 못했다.

기실, 바르바토스와 단탈리안 간에 전투력 격차가 나는 이유는 간단했다.

-위에서 일어난 전투가 생각보다 거칠지 않았던 모양인데?

단탈리안은 억지로 반발 결계가 있는 차원에 진입해서 후폭풍을 맞았고, 심지어 그 안에서 바알과 싸우며 커다란 상처를 입었다.
반면 바르바토스의 전장은 생각보다 그렇게 거칠지 않았던 거다. 거기에 기습의 묘를 살려 기선을 확실하게 제압하기까지 했으니, 바르바토스의 입장에선 지기가 더 어려운 상황이 만들어졌다.
설상가상.
바르바토스의 편에선 마왕들이 하나둘 모습을 드러내기 시작했다.
반면 단탈리안을 뒤쫓아 오던 마왕들은 모습을 보이지 않았다. 바르바토스의 등장을 확인하자마자 꽁무니를 내뺀 모양이었다.
"란!"
"응."
후욱.
움직임을 보조하는 바람의 가호가 태양의 몸을 휘감았다.
"갈 거야?"
"어. 놓칠 수 없는 기회잖아."
"……."
란은 뭐라 말하는 대신 태양을 바라봤다.
태양은 그녀의 시선에서 걱정을 읽었다.
"지금 아니면 다시없을지도 몰라."
이대로 가면 바르바토스가 무난하게 단탈리안을 처리할지도

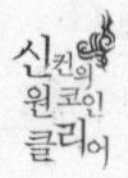

몰랐다.

하나, 조바심이 난다.

만약.

만에 하나.

바르바토스가 단탈리안을 사냥하는 데 실패한다면?

태양은 불안에 떨며 살아야 한다.

그는 언제 어디서나 태양을 노릴 수 있다.

별림 역시 노릴 수 있다.

단탈리안은 홀로 지구에 진입해 3억 명이 즐기는 게임을 만들어 낼 정도로 지구에 깊게 개입했던 전적이 있는 마왕이다.

또한 차원 미궁과 지구의 커넥션을 열어 낸 마왕이 단탈리안이었다.

단탈리안을 죽이지 못하고 지구로 돌아간다 한들, 태양은 언제나 단탈리안의 침입을 경계하며 살아야 한다는 이야기다.

'끔찍해.'

그렇기에 필사적으로 쫓을 수밖에 없다.

지금, 태양은 차원 미궁에 입궁한 뒤 처음으로 단탈리안을 상대로 유리한 고지에 섰다.

태양의 천칭에 바르바토스라는 거물이 들어서는 바람에 기울었다고는 하나, 확실한 건 단탈리안이 그보다 아래에 위치하게 되었다는 사실이다.

이런 상황이 다시 나올까.

운이 좋으면 태양이 승기를 잡을 수 있을지도 모르긴 했다.

하나 확실한 건 지금만큼 명백한 승기는 없다.

'제발.'

메시아의 목숨을 기반으로 스노우볼을 굴리고 굴려서 만들어낸 기회다.

지금 잡아야 한다.

"란, 언제든지 도망칠 준비하고 있어. 약속은 알지?"

그레모리는 직접 전투에 가담하지 않는다.

하지만 태양 일행을 도와줄 약속은 잡았다.

태양 일행이 단탈리안을 유인하는 데 성공하면 바로 밑층에서 기다리기로 한 것이다.

란이 태양의 어깨를 붙잡았다.

"태양, 너도 언제든지 상황이 나빠지면……."

"당연하지. 목숨이 최우선이야."

파아앙!

태양의 신형이 혜성처럼 튀어나갔다.

"단탈리안. 설치고 다니는 꼴이 같잖았지."

"모사? 계략의 달인? 하, 멍청하게 머리부터 들이미는 꼴을 보고도 그런 단어를 내뱉을 자가 있을지 모르겠군."

바르바토스를 따르는 두 마왕이 히죽이며 단탈리안을 압박한다.

휘청이며 아슬아슬하게 권능을 피하는 단탈리안의 움직임.

위태롭기 짝이 없다.

하나 단탈리안의 눈은 여전히 형형했다.

"……밑에서 입은 데미지가 생각보다 컸고, 바르바토스 당신의 기량을 얕잡아 보았다는 사실은 부정할 수 없겠습니다만."

콰득.

단탈리안이 주먹을 쥐었다.

그와 동시에 5개의 마법진에 허공에 생겨났다.

"무슨?"

"동료가 있었구나!"

제파르를 비롯한 네 명의 마왕은 꽁무니를 뺀 게 아니라 단탈리안을 미끼로 진형을 갖추고 있었다.

가장 먼저 빛을 토해 내는 건 정중앙의 마법진이었다.

강제공진강요(強制共振强要) 프로그램 - 공명의 여신 데프탈란테.

동시에 네 마법진이 동시에 공명했다.

초저음단파(超低吟短波) - 베히모스 오케스트라(Behemoth Orchestra).

하늘진동기 즈가.

개세병기(開世兵器) - 파동포격(波動砲擊) : 리바이어던.

네 명의 마왕이 발한 4개의 권능이 상호작용하며 차원에 부하를 일으켰다.

단탈리안의 발밑에서 생성된 다섯 번째 마법진이 빛을 발하려는 순간.

사일(射日).

해를 떨어뜨리는 일격이 단탈리안의 심장을 겨누고 뻗어 나간다.

단탈리안은 그것들을 바라보며 주먹을 쥐었다.

외의 다른 행동은 필요하지 않았다.

멜로디 버스트(Melody Bust).

키아아아아아아앙!

하늘, 바다, 육지.

한 차원을 통째로 흔드는 파멸의 진동이 전장을 휩쓸었다.

육체뿐만 아니라 영혼마저 통째로 흔드는 소음은 가히 멸세(滅世)의 징후라 불릴 만했다.

모든 물질을 파괴하는 지옥의 음색은 심지어 마왕들의 권능과 신성마저도 흔들었다.

그 위에서 오롯한 건 단 2개.

바르바토스의 사일과 단탈리안을 향해 접근하는 윤태양뿐이었다.

반대편에 자리한 바르바토스가 중얼거렸다.

"키운 개에게 배신까지 당하다니. 꼴좋구나, 단탈리안."

5개의 마법진이 유기적으로 연결되어 한 차원을 통째로 휩

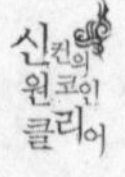

쓰는 대마법을 태양이 뚫을 수 있었던 건 상성 덕분이었다.

음파(音波)를 통한 공격.

소리는 공기를 매질로 이동하고, 란의 풍술은 바로 그 공기를 다룬다.

단탈리안의 대마법은 물론 신성마저 흔드는 수준이었지만, 그래도 란이 걸어 준 풍술 덕분에 대부분의 피해를 경감시킬 수 있었다.

콰드드득!

바르바토스의 화살이 단탈리안을 아슬아슬하게 스쳐 대지를 폭격했다.

커다란 소음과 흙먼지에 기척을 담아낸 태양은 순식간에 단탈리안의 등을 점했다.

단탈리안은 고개를 돌리지도 않고 태양을 맞았다.

"바르바토스를 끌어들이다니. 좋지 않은 선택입니다."

태양은 대답하는 대신 진각을 밟았다.

쿠웅.

쨍그랑.

타격이 닫기도 전에 유리조각이 되어 바스러지는 단탈리안.

태양은 망설이지 않고 방향을 틀었다.

초월 진각 - 승룡권(乘龍拳).

파지지지직!

전자기에 휘감긴 오른손이 단탈리안이 있을 위치를 정확하게 짓쳐 들었다.

"크윽!"

단탈리안이 양팔을 교차해 공격을 틀어막았다.

어찌나 강한 힘이 담겨 있었던지, 막았음에도 단탈리안의 몸이 들썩였다.

태양이 곧장 연격을 이어 가기 위해 두 번째 진각을 밟았다.

동시에 단탈리안의 오른손이 다시금 쥐어졌다.

카아아아아아앙!

차원을 통째로 흔드는 대마법이 일순간 단탈리안의 오른주먹 앞으로 밀집한다.

태양이 대처할 새도 없었다.

쿨럭.

눈, 코, 입, 귀.

죽은 피가 칠공을 통해 부지불식간에 빠져나온다.

"태양, 제가 정말 아무 생각도 없이 마법을 사용했을 것 같습니까?"

단탈리안은 태양을 안다. 그리고 란도 안다.

음파를 통한 공격이 란의 풍술에 상성이 좋지 않다는 사실 역시, 당연히 안다.

"의도한 거라는 이야기야?"

"당연한 말씀을. 바알의 신성이 바르바토스에게 넘어가는 건 제게도 끔찍한 경우의수입니다."

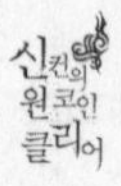

초로의 여인이 우아하게 웃는다.

단탈리안은 어느새 카멜레온처럼 모습을 바꿨다.

상처는 나은 것처럼 보였지만, 신성을 직접 느낄 수 있는 태양은 상처가 회복된 건 아니라는 것을 알았다.

"그래서, 이렇게 일대일 구도를 만드셨다?"

"저런, 태양. 자신 있으십니까? 그 몰골로?"

다섯 개의 권능을 엮어 만든 대마법 '멜로디 버스트'는 파괴보다 저지에 초점을 둔 마법이다. 물론 차원에 사는 일반적인 생명체에게는 당연히 멸망을 선사하는 대마법이고, 대상이 초월자일 때에나 적용되는 이야기다.

"버텨 보시죠. 마법의 지속 시간은 길지 않으니까."

단탈리안의 주먹이 다시금 쥐어진다.

집중되는 음파.

태양이 다시금 칠공에서 피를 뿜어내며 단탈리안에게 달려들었다.

'아라실이 아쉬워.'

역소환당하지 않았다면 버티는 데 큰 도움이 되었을 터다.

쿠웅.

진각과 함께 밑바닥부터 진기를 끌어올린다.

어느새 생겨난 별무리가 태양의 오른발을 타고 뻗어 나왔다.

"스타버스트 하이킥."

파라라락!

어느새 속살을 펼친 페이지가 마나로 이루어진 방패를 뱉어 냈다.

콰드드득.

태양은 몸을 멈추지 않았다.

초월진각부터 무공 정의행, 그리고 역천지공 파천까지.

할 수 있는 모든 수를 뱉어 낸다.

콰드득.

방패가 부러지고.

파칭!

음파가 태양의 몸을 저지한다.

뻐엉!

공간을 통째로 짓이기는 통천은 아쉽게도 허공만을 구기고.

빠악.

기어코 뻗어 낸 주먹은 단탈리안의 가드에 틀어박혔다.

태양이 이를 악물었다.

분명 공세와 승기는 그에게 있었다.

단탈리안의 몸 상태는 이보다 더 나쁠 수가 없었다.

심지어 바르바토스를 비롯한 마왕을 일시적으로 저지하기 위해 대마법을 컨트롤하고 있기까지 했다.

단탈리안의 방어 역시 태양에 의해 차근차근 벗겨졌다.

단탈리안의 무력은, 바알만큼 강하지 않았다.

태양의 주먹은 단탈리안의 본체에 닿고 있었다.

타격이 중첩될수록 흔들리는 신성이 느껴졌다.
상황만 보면 승리 직전이다.
하나.
단탈리안의 표정이 여유롭다.
코너에 몰리면서도 딱히 변수를 창출하려는 의지조차 보이지 않는다.
"놀랍군요. 이 정도면 충분히 이길 수 있을 거라고 생각했는데. 이건 뭐……."
심지어, 여유롭게 태양을 칭찬하기까지.
"닥쳐."
콰드득.
가드를 올린 단탈리안의 오른팔이 부서진다.
이쯤되자 태양은 쫓기는 기분이 되었다.
단탈리안이 물었다.
"괜찮으시겠습니까?"
태양은 대답 대신 진각을 밟았다.
"바르바토스를 끌어들인 건 좋지 않은 선택입니다."
"너보다는……."
"바알의 신성. 저들이 모를 것 같습니까?"
카아아아아앙!
다시금 음파가 밀집된다.
하나 이번에는 태양을 타격하지 않았다.

단탈리안이 목소리를 죽였다.

"놓아드리죠."

"뭐?"

"여기서 저를 끝까지 쫓으면 결국은 공멸입니다."

사악한 뱀이 달콤하게 속삭이기 시작했다.

"저를 죽이는 게 당신의 지상 목표는 아니잖습니까."

"……."

"다음을 생각하셔야지요. 여동생과 함께 지구로 돌아가야 하지 않겠습니까? 순순히 잡혀 줄 생각은 없습니다만, 저를 잡는다고 해도 여기를 순순히 빠져나갈 수 있을 것 같습니까?"

"개소리 지껄이지 마."

으득.

태양이 이를 악물었다.

빌어먹게도 맞는 이야기여서 더욱 그러했다.

바알의 신성이 융화되는 과정.

기척은 잘 눌러 두고 있었다.

하나 저들이 단탈리안이 태양을 쫓아온 이유를 조금만 되짚어 생각한다면?

당연히 저들도 확신할 수 없겠지만, 가설만으로도 태양을 노릴 이유는 충분했다. 그게 아니어도 당장 단탈리안을 죽인 태양이 지친 모습을 보인다면 그것대로.

바알의 신성이 아니더라도, 공짜 신성이 하나 더 생기는 건데

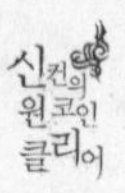

다른 마왕들이 그냥 두고 넘어갈 이유가 없었다.

'X발.'

지금이 적기인데.

지금보다 더 괜찮은 기회는 절대로 없는데.

단탈리안의 말이 하나부터 열까지 옳다.

지금 이 자리에서 태양이 단탈리안을 죽여 봤자 해결되는 건 없다.

"제가 죽으면 당신도 죽습니다. 반면에 제가 살아서 도망치면…… 당신은 역시 도망갈 틈을 노릴 수는 있겠죠."

후우웅.

용왕의 막대한 마나가 태양의 신체를 매개로 커다랗게 부풀어 올랐다.

동시에 태양이 전장 한편을 바라봤다.

란이 있는 곳.

단탈리안이 히죽 웃었다.

"잘 생각하셨습니다."

다음 권으로 이어집니다